U0554284

我会爱

阿赫玛托娃诗选

［俄］阿赫玛托娃　著
乌兰汗　译

Selected poems of Akhmatova

人民文学出版社

А. АХМАТОВА
ИЗБРАННЫЕ СТИХОТВОРЕНИЯ

图书在版编目（CIP）数据

我会爱：阿赫玛托娃诗选/（俄罗斯）阿赫玛托娃著；乌兰汗译. —北京：人民文学出版社，2021
ISBN 978-7-02-013174-7

Ⅰ.①我… Ⅱ.①阿…②乌… Ⅲ.①诗集—俄罗斯 Ⅳ.①I512.24

中国版本图书馆 CIP 数据核字(2017)第 191304 号

责任编辑 李丹丹
装帧设计 李思安
责任印制 徐 冉

出版发行 人民文学出版社
社　　址 北京市朝内大街 166 号
邮政编码 100705
网　　址 http://www.rw-cn.com

印　　刷 北京盛通印刷股份有限公司
经　　销 全国新华书店等

字　　数 66 千字
开　　本 787 毫米×1092 毫米 1/32
印　　张 9 插页 3
印　　数 1—5000
版　　次 2021 年 2 月北京第 1 版
印　　次 2021 年 2 月第 1 次印刷

书　　号 978-7-02-013174-7
定　　价 49.00 元

阿赫玛托娃

Приморский

Летний
Сонет

Здесь всё меня переживёт,
Всё, даже ветхие скворешни,
И этот воздух, воздух вешний,
Морской свершивший перелёт.

И голос вечности зовёт
С неотразимостью нездешней,
И над цветущею черешней
Сиянье лёгкий месяц льёт.

И кажется такой нетрудной,
Белея в чаще изумрудной,
Дорога не скажу куда...

Там средь стволов ещё светлее,
И всё похоже на аллею
У царскосельского пруда.

16–17 июня
1958
Комарово

作者手迹

目　次

《黄昏集》选译

《念珠集》选译

《群飞的白鸟》选译

《车前草》选译

《ANNO DOMINI》选译

《芦苇集》选译

《第七本诗集》选译

《集外篇》

简略的自述

1889年6月11日(公历23日),我在敖德萨近郊(大喷泉)出世。那时家父是退伍的海军机械工程师。当我还是个周岁的婴儿时,被带往北方的皇村[①]。我在皇村住到十六岁。

我早年的回忆——都与皇村有关:苍翠碧绿而又未经人工布置的花园,保姆携我玩耍的牧场,毛色斑驳的小马跑来跑去的跑马场,旧的火车站以及其他,这一切后来

---

① 皇村原为俄国历代沙皇的行宫,位于彼得堡市以南35公里处。19世纪时,沙皇政府在该处设立了贵族子弟学校。普希金是该校第一期学生。十月革命后,皇村更名为普希金城。

都写入《皇村礼赞》中。

我每年在塞瓦斯托波尔城外箭湾之滨度夏,在那儿我与大海结缘。那几年最深刻的印象莫过于古城赫尔松涅斯①,我家就住在它附近。我按列夫·托尔斯泰编的识字课本学会识字。五岁时,听女教师给年长的孩子们上课,我也学会用法语讲话。

我十一岁写成第一首诗。我不是从普希金和莱蒙托夫那里开始接触诗,而是从杰尔查文(《贺皇族少年生日诗》)和涅克拉索夫(《严寒,通红的鼻子》)。这些诗,我母亲都能背诵。

我在皇村女子学校上学,最初学习成绩甚劣,后来大有改进,但始终不太愿意学习。

1905 年,我的双亲分居,妈妈携儿带女迁往南方。我们在叶夫帕托里亚住了一年整,我在家中自修学校倒数第二年级课程。我怀念皇村,写了不计其数不成样子的诗。1905 年革命的余音隐隐约约传到与世隔绝的叶夫帕托里亚。最后的一个学年是在基辅市丰杜克列耶夫学校读完的,1907 年于该校毕业。

---

① 建于公元前五世纪的古城,15 世纪被毁。19 世纪开始对它进行挖掘,发现城墙、城门、塔楼等遗迹。

我在基辅进了女子高等学校法律系。最初学习法律史，尤其是学习拉丁文时，我尚觉满意，但一开始教授纯法律科目时，我便对课程失掉了兴趣。

1910 年（俄历 4 月 25 日）我与尼·斯·古米廖夫[①]结婚，我们去巴黎度蜜月。

那时，巴黎市区铺设新的拉斯帕伊林荫大道的工程尚未最后竣工（左拉对此有所描述）。爱迪生的朋友韦尔纳在伟人祠餐厅指给我两张桌子，说："这就是你们的社会民主党，这张是布尔什维克，那张是孟什维克。"妇女们的衣着兴趣经常变换，忽而穿裙裤，忽而又几乎都穿包住大腿的窄裙。诗——无人问津，诗集只因印有大小不等的美术名家们的装饰画，才有人购买。我那时已明白：巴黎的美术把法国的诗歌给吞掉了。

迁居彼得堡后，我在拉耶夫高等文史讲习所学习。当时我写的诗后来收入我的第一本诗集。

别人给我看英诺肯季·安年斯基[②]的《柏木匣》的校样，我为之惊叹不已。阅读时，忘掉世上一切。

---

① 尼·斯·古米廖夫（1886—1921），俄罗斯诗人，阿克梅派代表人物之一。十月革命后因所谓参加"反革命阴谋"组织被处死，1986 年平反。

② 英诺肯季·安年斯基（1856—1909），俄国诗人兼评论家。

1910 年象征主义明显陷入窘境,新起诗人不再追随这一流派。有人走向未来派,有人走向阿克梅派。我和一号诗人会[①]的友人——曼德尔施塔姆[②]、金凯维奇[③]及纳尔布特[④]一起,成为阿克梅主义者。

1911 年春我在巴黎亲眼看到俄罗斯芭蕾舞获得的最早的辉煌胜利。1912 年我遍游意大利北部(热那亚、比萨、佛罗伦萨、波伦亚、帕多瓦、威尼斯)。意大利美术与建筑给我的印象极深,它像那终生难忘的梦。

1912 年我的第一本诗集《黄昏集》出版。只印三百册。批评界对它的评价尚好。

1912 年 10 月 1 日我的独生子列夫出生。

1914 年 3 月第二本书《念珠集》问世。它的生存时间只有六周左右。彼得堡从 5 月初开始转入消沉。人们分批疏散。这次与彼得堡的告别成为永久的告别。我们回来时它已不叫彼得堡,而叫彼得格勒了,从十九世纪一下就跨入二十世纪。从城市面貌开始,一切都变了样。

---

① 当时诗人的一个派别。

② 奥·曼德尔施塔姆(1891—1938),俄罗斯诗人。他死后,阿赫玛托娃为他写过悼念诗。

③ 米·金凯维奇(1891—1973),俄罗斯诗人,文学翻译家。

④ 弗·纳尔布特(1888—1944),俄罗斯诗人。

看来,初学写作者的一本小小的爱情抒情诗集应当淹没于世界性的大事之中。时间却做出另外的安排。

我年年在特维尔省距离别热茨克十五俄里的地方消夏。那儿并非风景优美之地:丘陵地带上耕耘的是四四方方的田地,零落的磨坊、泥塘,排干的沼泽、辘轳,除了庄稼还是庄稼……《念珠集》和《群飞的白鸟》诗集中的许多诗都是在那儿写的。

《群飞的白鸟》于1917年9月出版。读者与批评界对此书不公正。不知何故这本诗集被认为不如《念珠集》成功。这本诗集是在更为严峻的形势下出版的。交通运输奄奄一息——书甚至不能寄往莫斯科,全部在彼得格勒售掉了。杂志一种接着一种停刊,报纸也是如此。因此,与《念珠集》不同之处在于《群飞的白鸟》不可能在报刊上得到热烈讨论。饥荒与经济崩溃日甚一日,奇怪的是,所有这些情况都不在考虑之内了。

十月革命后,我在农业学院图书馆工作。1921年我的诗集《车前草》问世,1922年出版了诗集《ANNO DOMINI》①。

大约于二十年代中期,我兴致勃勃地着手钻研古老

① 拉丁文,意为《耶稣纪元》。

的彼得堡建筑和普希金的生平与创作。研究普希金,其成果是关于《金鸡》、关于贡斯当·德堤·雷贝克的《阿道尔夫》和关于《石客》的三篇文章。这三篇文章当时都发表了。

近二十年来我写的《亚历山德林娜[1]》《普希金与涅瓦海滩》《普希金在 1828 年》可能收入《普希金之死》一书中。

自二十年代中期开始,我的新诗几乎不再发表,而旧作——不予再版。

1941 年卫国战争爆发时我正在列宁格勒。9 月底,已是围困时期,我搭飞机去了莫斯科。

我在塔什干住到 1944 年 5 月,贪婪地打听有关列宁格勒和前线的消息。和其他诗人一样,我经常到军医院去为伤病员们朗诵诗作。我在塔什干初次理解什么是炎热中的树荫凉和流水声。我还理解了什么是人的善良:我在塔什干经常患病,而且病势很重。

1944 年 5 月我飞到满城春色的莫斯科,那时莫斯科洋溢着欢乐的希望,并正在等待着即将来临的胜利。6 月我重返列宁格勒。

---

① 普希金的妻妹。

我的城市仿佛变成了一个可怕的幻影，它使我如此震惊，以至于我把这次与它的相会写成散文。与此同时，写成了两篇特写《三株丁香树》和《走访死神》，后一篇记述我在铁里欧吉前线朗诵诗一事。我一向觉得散文既神秘莫测又诱人试探。我从小熟悉的全部是诗，而对散文从来是一无所知。我这次试笔得到众人的大力赞扬，我当然并不信以为真。我把左琴科请来，他让我删掉几处，并说，其他部分他认为可以。我很高兴。后来，我的儿子被捕，我把他的存稿和我的一起全部付之一炬。

我早就对文学翻译问题感兴趣。战后时期我译的作品很多。现在仍然从事翻译工作。

1962 年我完成了《没有英雄人物的事诗》。为写作这部作品我花了二十二年的时间。

去年冬天，但丁纪念年①的前夕，我重又听见了意大利语言的声音——我访问了罗马和西西里岛。1965 年春，我前往莎士比亚的故乡，望见了不列颠的天空和大西洋，与故友重逢，结识新朋，并再次访问巴黎。

① 1965 年为但丁诞辰七百周年，联合国教科文组织宣布这一年为但丁纪念年。

我从未停止写诗。诗中有我与时代的联系,与我国人民的新生活的联系。我写诗时,是以我国英雄的历史中的旋律为节奏的。我能生活在这些岁月中,并阅历了这些年代无与伦比的事件,我感到幸福。

1965 年

我 会 爱*

我会变得温存，含情脉脉。
我会窥视他人的眼睛，
露出迷人的，召唤的，战栗的微笑。
我这柔软的腰肢轻盈，苗条，
芬芳抚弄着鬈发。
啊，谁和我一起，谁的心灵就不会安宁，
任你纵情撒娇……

我会爱。我的羞愧带着欺骗的色彩。

---

* 此诗为阿赫玛托娃十五岁时的作品，辑自她致二姊夫谢尔盖·施泰因的书信。

我是这么怯怯地温存，我总是默默不语……
只有我的眼睛在说话。
眼睛明亮而又纯洁，
眼睛透明而又闪光，
眼睛预示着幸福的降临。
它们会欺骗，——可是你却相信，
淡蓝色的光——
变得更蓝、
更温存、更明亮。
鲜红的愉悦留在我的双唇上，
酥胸比山上的雪还白，
细语——像天蓝色的潺潺流水。
我会爱。等候你的是吻。

1906 年，叶夫帕托里亚

《黄昏集》* 选译

《黄昏集》封面(1912 年版)

* 《黄昏集》出版于1912年，是阿赫玛托娃的第一本诗集。当时作者二十三岁。集子里收有四十六首抒情诗，发行三百本。它的问世引起瓦·勃留索夫等著名诗人的注意，并在文艺界掀起有关"阿克梅派诗歌""妇女抒情诗"等问题的讨论。阿赫玛托娃晚年对自己早期作品持批判态度。她曾以戏谑的口吻评价《黄昏集》，说："一个头脑空空的小姑娘写的这些可怜巴巴的诗，不知为什么居然会有人一而再、再而三地翻印了十三次（如果我见到的是侵权版的版本的全部的话），还用几种外文出版了。当时，那个小姑娘（据我所记得）对于这些诗是不敢有如此奢望的，所以她总是把初次发表这些诗的杂志藏在枕下，'免得让人伤心！'由于《黄昏集》的出版而带来的难过，竟使她去了意大利（1912年春）。当她坐在电车上，望着身边女乘客们时，心想：她们多幸福——她们没有出过书。"（此段转引自《短诗与长诗》一书，原稿藏苏联国立公共图书馆手稿部）阿赫玛托娃本人后来从未单独再版过《黄昏集》的全文。

爱

有时像条小蛇蜷成一团，
偎在心田施展法术，
有时像只小鸽子
整天在白色窗台上叽叽咕咕，

有时在晶莹的霜花里一闪，
有时在紫罗兰的梦中浮出……
它来自喜悦，来自宁静，
准确而又神秘。

只有哀怨的琴声的祈祷
才善于如此甜蜜地哭诉，

在陌生的浅笑中
还难把它认出。

1911 年 11 月 24 日，皇村

在　皇　村

一　林荫路上牵走了一匹匹马驹……

林荫路上牵走了一匹匹马驹，
披散的长鬃如同翻滚的波涛。
啊，让人心醉的城市尽是谜，
我爱上了你，却产生了苦恼。

想起来的事真怪：愁思满怀，
我病危中胡言乱语，呼吸急促。
如今，我变成了玩具似的人儿，
就像我那只玫瑰色朋友——鹦鹉。

胸中没有预感到郁闷的痛楚，
不信，你就看看我这双明眸。
不过我不喜欢黄昏的到来，
不爱海风，不愿说“你走开”。

1911 年 2 月 22 日，皇村

二　……那儿是我的大理石替身……

……那儿是我的大理石替身，
破残了，伫立在老枫树下，
她把自己的面影投给了湖水，
聚精会神地谛听绿色的喧哗。

透明的雨丝淅淅沥沥
冲洗着她身上凝结的伤疤……
冰冷的、皙白的人儿，你等一等，
我也会变成大理石的她。

1911 年

三　黝黑的少年在林荫路上徘徊……

黝黑的少年[①]在林荫路上徘徊,
在湖边上踱步,满怀愁苦。
一百年来我们一直珍惜
他那隐隐约约窸窸响的脚步。

厚厚的一层刺人的松针
把矮矮的树墩盖满……
当年这儿放过他的三角制帽,
还有一本翻旧了的巴尔尼[②]诗选。

1911 年 9 月 24 日,皇村

---

① 指普希金。少年普希金于 1811 年进入皇村中学读书。

② 巴尔尼·埃瓦利斯特(1753—1814),法国诗人,法兰西文学院院士(1804),主要写爱情诗。

无论是那个吹风笛的男孩……

无论是那个吹风笛的男孩，
还是那个编花环的姑娘，
无论是林中交叉的两条小径，
还是农田远处闪烁的灯光，——

我都看见了。我都记得，
我把它们都珍藏在心底。
只有一个人我永远不认得，
甚至也不愿意把他想起。

我不祈求智慧和力量。
但，要让我取取暖，烤烤火！

我冷……愉快的神，有翅膀的，
没翅膀的，都不会来看望我。

1911年11月30日，皇村

深色披肩下紧抱着双臂……

深色披肩下紧抱着双臂……
“你的脸色今天为何憔悴?”
——因为我用苦涩的悲哀
把他灌得酩酊大醉。

我怎能忘掉?他踉跄地走了,
痛苦得嘴角已经斜歪……
我奔下楼去,连扶手也没有碰,
跟在他身后,跑到了门外。

我急喘着高声喊道:“这一切
都是玩笑。我会死去的,你若一走。”

他漠然而又可怕地微微一笑，
对我说:“不要站在风口。”

1911 年 1 月 8 日,基辅

门扉儿半开……

门扉儿半开，
菩提树送来芳香……
马鞭儿和手套——
全忘在案头上。

灯下昏黄一团……
我谛听：沙沙响。
你为什么走了？
我感到迷惘……

明天天亮时
心情喜悦，天气晴朗。

这种生活多美好，
心儿呀，你要善良。

心儿，你太累了。
跳动的声音更低、更深沉……
你可晓得，我看书上说，
灵魂永存。

1911年2月17日，皇村

你可想知道全部过程……

你可想知道全部过程？——
食堂里时钟报了三声，
临别时，她扶着楼梯，
像是在艰难地低语：
“一切就是如此……啊，不，
我忘了，我爱你，还在那时
我就爱过你！”
“是的。”

1910年10月21日，基辅

吟唱最后一次会晤

我的脚步仍然轻盈，
可心儿在绝望中变得冰凉，
我竟把左手的手套
戴在右手上。

台阶好像走不完了，
我明知——它只有三级！
“和我同归于尽吧！”枫叶间
传递着秋天乞求的细语。

“我被那变化无常的
凄凉的厄运所蒙蔽。”

我回答:“亲爱的,亲爱的!
我也如此。我死,和你在一起……”

这是最后一次会晤的歌。
我瞥了一眼昏暗的房。
只有寝室里的蜡烛
漠漠地闪着黄色的光。

1911 年 9 月 29 日,皇村

心儿没有锁在心上……

心儿没有锁在心上，
你要走，随你的便。
来去自由的人，
幸运会等在他的前面。

我不哭，我不怨，
我不会成为幸福的人。
你别亲我，我已疲倦，——
死神会来亲吻。

痛苦的日子已经熬过，
随同白色的冬天。

为什么呀，为什么，
你会胜过我选中的侣伴？

1911 年春

白 夜 里

啊,我一直没有锁门,
也没有燃亮烛光,
你不知道,我累了,
可就是不想上床。

日落时透过松针的昏暗
观赏那一条条正在熄灭的光亮,
陶醉于说话的声音,
那声音和你的多么相像。

明知一切都已丧失,
生活——只不过是万恶的地狱!

可是我仍然坚信啊，
你还会回到此地。

1911 年 2 月 6 日，皇村

风儿，你，你来把我埋葬……

风儿，你，你来把我埋葬！
我的亲属没人来祭奠，
我头上是迷茫的暮色，
还有沉静的大地的呼吸。

我当初和你一样自由，
不过我有过强烈的求生之欲。
你瞧，风儿，我的尸骨已寒，
可是没人收拢我的双臂。

请你用傍晚昏暗的帷幕
把这黑色的伤口盖住，

请你让淡蓝色的薄雾
把经文在我身旁诵读。

让我孤零零的一个人能够
安然轻松地长眠，
让高高的苔草萋萋吟唱，
吟唱春天，我的春天。

1909 年 12 月，基辅

灰色眼睛的国王

颂扬你吧,无法抑制的悲伤!
昨天他死了,灰色眼睛的国王。

秋天的傍晚,天闷热,红霞一片,
我丈夫回家来,说得随随便便:

“听我说,打猎时在老橡树下
发现了他的尸首,抬回了家。

国王本来年富力壮!可怜的是女王!
一夜之间,变得白发苍苍。”

我丈夫在壁炉上找到了自己的烟袋，
拿起来便去上夜班，跨步门外。

我现在要把她，我的小闺女，叫醒，
端详一下她那可爱的灰色眼睛。

窗户外白杨树沙沙作响：
“世间再没有了你的国王……”

1910 年 12 月 11 日，皇村

他爱过……

他爱过人间三件事：
傍晚时唱歌，白色的孔雀，
磨损了的美洲地图。
他不爱孩子哭泣，
不爱掺马林果的茶，
不爱女人歇斯底里。
……可我曾是他的妻。

1910 年 11 月 9 日，基辅

我的生活恰似挂钟里的布谷……

我的生活恰似挂钟里的布谷，
对林中的飞鸟并不羡慕。
给我上弦——我就叫。
这种命，你要知道，
我真想把它让给
仇敌才好。

1911 年 3 月 7 日，皇村

葬

我为坟墓寻找地点。
你可晓得,哪儿最亮堂?
在茫茫原野上寒冷,
在海滨石堆中凄凉。

可是她习惯于安静,
又眷恋着阳光。
我在墓上筑间小屋,
像我们的家,愿它地久天长。

两扇窗户之间会有小门,
小屋里点上神灯一盏,

它像一颗黑色的心，
燃着红色的火焰。

听我说，她卧病时
呓语另一世界，那个天堂，
可是修士责备道："极乐世界，
不是你们有罪人能去的地方。"

那时，她脸色变得灰白，
"我跟你走。"她悄悄说道。
如今只有你和我自由自在，
脚下激荡着碧色波涛。

1911 年 9 月 22 日

诗 两 首

一 枕头——上下都已……

枕头——上下都已
滚热。
蜡烛——第二支已经
燃完。
乌鸦——叫声越来
越大。
这一夜，我无法成眠，
想睡也是枉然……
亮得让人难忍啊，

白色窗户上的白色窗帘。
早安!

二　还是那个声音,还是那道视线……

还是那个声音,还是那道视线,
还是那亚麻色的头发。
和去年一样,一切未变。
白天的阳光穿过玻璃
在粉白的墙上闪耀刺眼……
盛开的百合芳香四溢,
还有你那平淡的语言。

1909 年

我对着窗前的光亮祈祷……

我对着窗前的光亮祈祷——
光亮淡白、笔直、纤细。
我清早就一言未发，
可是心儿分在两地。
我的铜脸盆儿
黄铜已经发绿，
不过它闪闪烁烁
让人看着欢喜。
在这夜晚的寂静中
它是如此平凡、无虑，
但在这空空的屋子里，

它如同金光灿灿的节日，
也是对我的慰藉。

1909 年

《念珠集》* 选译

АННА АХМАТОВА.

ЧЕТКИ.

СТИХИ.

《念珠集》封面(1914 年版)

* 诗集《念珠集》出版于1914年,收有五十二首诗,其中有几首选自《黄昏集》,有二十八首诗曾在杂志或丛刊上发表过。这本诗集的问世影响较大,使作者一跃而跻身当时第一流诗人的行列。阿赫玛托娃本人对这本诗集也比较满意。它出版于第一次世界大战前夕,作者以为一个“初学写作者的一本小小的爱情抒情诗集应当淹没于世界性的大事之中”,可是“时间却作出另外的安排”。

心慌意乱

一

灼热的阳光令人烦闷，
他的视线像光芒刺人。
我的心微微一震：他
或许能使我变得温存。
他俯下身——有话对我说……
我的脸——骤然失去血色。
让爱像一块墓碑
镇压住我的生活。

二

你不爱，你不想看？
啊，该死的人儿，你多么漂亮！
我怎么也飞不起来，可是
从小就有翅膀。
什物和面孔重重叠叠，
迷雾将我的目光遮挡，
只有一朵殷红的郁金香花
别在你的扣眼儿上。

三

出于一般的礼貌，
你向我走来，淡淡一笑，
用嘴唇吻了一下我的手背——
略带亲热，略带烦躁，
又用古圣像上那种神秘的眼睛
对我瞧了又瞧……
十年的慌乱，十年的呼号，

我将失眠夜的全部苦恼
汇入一句轻柔的话中，
说出口来——真没必要。
你走开了，我的心房
复又空荡，复又洞晓。

1913 年

我们在这儿是些游手好闲之辈……

我们在这儿是些游手好闲之辈，
是放荡女性一群，
我们聚在一起无欢无乐！
墙上的花鸟期望的是白云。

你吸烟叼着黑色的烟嘴，
升起来的青烟那么奇妙。
我穿上一条窄窄的裙子
让身段显得更加苗条。

各扇小窗已经永远封闭。
管它窗外是冰霜还是雷雨？

你那一双眸子啊,酷似
猫的眼睛,充满警惕。

啊,我的心儿何其苦闷!
是否在等待死的来临?
那位正在跳舞的女子
一定会跳进地狱之门。

1913 年 1 月 1 日

眼睛不由自主地乞求宽饶……

眼睛不由自主地乞求宽饶。
当着我的面,别人把你的名字提到,
名字那么短,声音那么脆,
你说这时我的眼睛,应该如何是好?

我踏着田间的小路,
经过成堆的灰色圆木。
这儿风儿徐徐,自由吹拂,
像春天般清新,时缓时速。

娇慵的心儿听到了
远方隐秘的信息。

我知道:他还活着,还在呼吸,
他不必悲伤,他有这个权力。

1912 年,皇村

真正的体贴不声不响……

真正的体贴不声不响，
它不会跟任何感情混同。
你不必用皮衣呵护
不必围裹我的肩膀与酥胸。
你也不必说什么
这是初恋的衷情。
我是那么熟悉你那双
咄咄逼人的、贪婪的眼睛！

1913 年 12 月，皇村

我有一个浅笑……

我有一个浅笑：
就这样，嘴唇微微翕动，
我为你保留着它——
要知道，这是爱的表征。
即使你卑鄙狠毒，即使你
拈花惹草，我也决不踌躇。
我眼前是闪着金光的诵经台，
我身旁是灰眼睛的未婚夫。

1913 年

你好！你可曾听见……

你好！你可曾听见
桌子右方轻轻的脚步，
不待你写完这几行字——
我已来到你的近处。
难道你又会
像上次那样生气，——
说什么没有看到
我的眼睛，我的手臂。
你这儿明亮、随便。
不要赶我出去，
桥下闷热，
污水淤积。

1913 年 10 月

记忆的呼声

献给奥·阿·葛列博娃-苏杰伊金娜[1]

当天空布满晚霞的时刻，
你凝视墙壁，看见了什么？

是海鸥掠过蓝蓝的海面，
或是掠过佛罗伦萨的花园？

要不就是皇村的力坝公园，
路上的不安使你梦断魂牵？

---

① 奥·阿·葛列博娃-苏杰伊金娜（1885—1945），俄国话剧演员、歌唱家和舞蹈家，阿赫玛托娃的好友，1924 年移居国外。

也许你看见了那个少年跪在你膝前，
他献身白色的死亡，摆脱了你的羁绊[①]？

不，我看见的只是一堵墙，
墙上是正在熄灭的天体反光。

1913年6月18日，斯列坡涅沃

① 指追求过苏杰伊金娜的青年诗人弗·克尼亚杰夫的自杀。

你知道,我正为不自由所苦……

你知道,我正为不自由所苦,
祈求上帝赐给我死亡。
可是特维尔省贫瘠的土地
让我思念,让我断肠。

井台前那倾斜的吊杆,
吊杆上云朵像泡沫一样,
那田地里吱吱呀呀的大门,
还有那粮食的气息与惆怅。

还有那模糊不清的旷野,
旷野上风儿呻吟低唱,

还有那晒得黝黑的安详的农妇，
投来一束束谴责的目光。

1913 年秋

1913 年 11 月 8 日

阳光填满了房间，
室内一片晕黄透明的尘埃。
我记起了，今天是你的命名日，
亲爱的，我从梦中醒来。

正因为如此，窗外的雪原
使人感到温温暖暖，
正因为如此，我这个常失眠的人
像领到了圣餐后睡得香甜。

1913 年 11 月 8 日

别把我的信，亲爱的，揉搓……

别把我的信，亲爱的，揉搓。
朋友，还是把它，读完。
再充当不相识的女人，我已腻味，
也不愿在你的路上佯装与你无关。

别这么看我，别气愤地皱起眉头。
我是你心上的人，我属于你。
我不是牧羊姑娘，不是公主，
更不是修女——

我身上是平常的灰色的衣裙，
我脚下是磨损了的旧鞋的鞋底……

但，拥抱时，和往日一样火热，
硕大的眼睛里还是同样的恐惧。

别把我的信，亲爱的，揉搓，
别为藏在心里的虚伪哭泣。
你把信装起来，装进背包，
装在可怜的背包的深底。

1912年，皇村

我来到诗人家里做客……

献给亚历山大·勃洛克①

我来到诗人家里做客。
正是中午。礼拜天。
敞亮的屋子十分幽静，
可是窗外一片严寒。

烟雾溟蒙的上空，
高悬着紫红的太阳……
沉默寡言的主人
用明亮的眼睛把我端详！

① 亚历山大·勃洛克(1880—1921)，俄国象征派最伟大的诗人。

他那双眼睛呀，
人人都难以把它们遗忘，
而我应当处处谨慎
最好是根本不要对它们观望。

我会记住那一次交谈，
在一栋灰色的高楼里；
在涅瓦河的海口附近，
雾色迷茫的上午，礼拜天。

1914 年 1 月

我送友人到门口……

我送友人到门口，
在金色尘埃中稍事伫立。
从邻村小小的钟楼
传来了重要的信息。

被人抛弃！这是编造的语句——
难道我是一朵花，一封信？
不过我的眼睛变得冷峻，
目光在昏暗的立镜中窥寻。

1913 年，皇村

这十一月的日子,可会把我原谅……

这十一月的日子,可会把我原谅?
运河里,颤抖着涅瓦沿街的灯光。
秋色凄凉,点缀得太寒碜。

1913 年 11 月,彼得堡

我不乞求你的爱……

我不乞求你的爱。
爱已经安全隐蔽。
请相信,我不会给你的未婚妻
写信发泄妒忌。
不过,请她保留我的相片,
让她读读我的诗句,——
未婚的丈夫们都愿意讨好,
所以我才提出这个明智的建议。
至于这些傻姑娘,她们更需要
全胜的心理,
它超过友谊地贴心的交谈,
也胜过对初恋时温柔的记忆……

当你和可爱的女友
花光了幸福的金币，
那时玩够了的心灵、
立刻会觉得厌腻——
在我的庄严之夜，
你别来。我不认识你。
我于你又有何帮助？
医治幸福——我无能为力。

1914 年

《群飞的白鸟》* 选译

БѢЛАЯ СТАЯ

СТИХОТВОРЕНІЯ

АННЫ АХМАТОВОЙ.

ПЕТРОГРАДЪ.
Издательство Гиперборей.
1917.

《群飞的白鸟》封面(1917 年版)

* 《群飞的白鸟》第一版于1917年2月革命之后出版，共有短诗八十三首，其中六十五首已在报刊上发表过，说明阿赫玛托娃当时已不仅为文学界所熟悉，广大读者对她的作品也发生了兴趣。另外，该集中还有一首长诗《在大海之滨》。《群飞的白鸟》第一版印了一千册，很快售光，翌年再版，内容稍有变更，以后又多次重印，这是阿赫玛托娃作品最多的一个单行本。

你好重呀,爱情的记忆……

你好重呀,爱情的记忆!
在你的雾团中燃烧和歌唱,
对于别人——你是一团火,
可以温暖冷却的心房。

要想温暖厌烦的躯体,
他们需要我眼泪汪汪……
上帝啊,莫非为此我频繁地恋爱,
为此我不断地歌唱!

让我饮下一杯毒酒,
从而变成哑女,

并用闪光的忘怀洗掉
我那不光彩的荣誉。

1914 年 7 月 18 日，斯列坡涅沃

用经验代替智慧，如同……

献给瓦·谢·斯列兹涅夫斯卡娅①

用经验代替智慧，如同
一杯清淡的、不解渴的饮料。
而青春——像礼拜天的祈祷……
我岂能把它忘掉？

我和我所不爱的人
走过了那么多荒凉的路，
我在教堂里几番叩首，

① 阿赫玛托娃的同学，一生好友。阿赫玛托娃晚年还有一诗献给她，注明女友去世的日子是 1964 年 9 月 9 日。

为爱我的人祝福……

我变得比所有健忘的人更健忘，
岁月像河水缓缓地流，
没被吻过的嘴唇，没笑意的眼睛
——我再也不会有。

1914 年

缪斯走了,踏着……

缪斯走了,踏着
秋天狭窄陡峭的路,
她那黧黑的腿上
溅满大颗大颗的露珠。

我久久地恳求她和我一起
等到冬天的来临。
可是她说:“这儿简直是坟墓,
你怎么还能生存?”

我想把小鸽子赠给她,
笼里最白最白的那一只,

可是小鸽子自己展翅飞去
追随我那女客的苗条身姿。

我默默地望着她的背影，
我只爱过她一个人，
天空中一片红霞，
像是通往她的国度的大门。

1915 年 12 月 15 日，皇村

别　离

面前是一条
傍晚时倾斜的小道。
昨天,情人还苦苦哀求:
“千万不要把我忘掉。”
如今啊,只有风声阵阵,
只有牧童的呼叫,
还有那焦躁的雪松
依偎着清泉吵闹。

1914 年春,彼得堡

滨海公园里小路黑黝黝……

滨海公园里小路黑黝黝，
刚刚点亮的路灯黄澄澄，
我的心儿非常非常平静。
请你不要跟我提那个人。
你我会成为朋友，你可爱、你忠贞……
一起散步，一起衰老，一起亲吻……
轻盈的月亮会在我们头上旋转，
如同一颗颗挂满雪花的星辰。

1914 年 3 月

万物都让我想起他……

万物都让我想起他：
朦胧绛红色的远空，
还有那圣诞节临近时甜蜜的梦，
还有那复活节时悠扬多声的风，

还有那一束暗红的枝藤，
还有那公园里水帘淙淙，
还有那锈迹斑斑铁花栏杆上的
一对大蜻蜓。

当我沿着山坡滚烫的
石子小路悠悠漫步，

我不能不相信
他会和我友好相处。

1916 年秋，塞瓦斯托波尔

总会有一种普普通通的生活吧……

总会有一种普普通通的生活吧，
光，是那么透明、喜悦、温暖……
黄昏时，芳邻和姑娘隔着篱笆交谈，
他们的喁喁情话
只有蜜蜂才能听见。

我们的生活那么郑重、艰难，
我们重视辛酸会晤时的礼典，
只要一阵鲁莽的风突然袭来
就会把刚刚开始的话丝吹断，——

但这座光荣的灾难的花岗石的繁荣城市，

我们决不会用任何东西去交换，
它那宽阔的河面上，水光闪闪，
花园中浓荫蔽日，光线幽暗，
还有缪斯的话音，隐约响在耳边。

1915年6月23日，斯列坡涅沃

她来了。我没有流露心中的不安……*

她来了。我没有流露心中的不安，
漠然地凝望着窗外。
她坐下了，像一具瓷器偶像，
摆出一副早已想好的姿态。

让她高高兴兴——理所当然，
让她关心体贴——那就比较困难……
也许她度过三月馨香的夜晚，
又为慵懒所缠？

* 这是一首以男人的口吻写的诗，这类诗在阿赫玛托娃的诗作中为数甚少。

嗡嗡的谈话声令人昏倦，
黄色吊灯散发着没有生命的光线，
轻轻举动的手中
精致的餐具银光闪闪。

讲话的人又是微微一笑，
他望着她，眼中燃烧着希望的火焰……
我的幸运和富有的接替者啊，
请你读一读我的遗言。

1914 年

皇村雕像*

献给尼·弗·涅

枫叶片片飘零
落在天鹅池中，
渐熟的花楸果儿
把树丛染得血红。

她坐在北方石上，
身材苗条靓丽，
蜷曲着不会冻僵的双腿，

---

* 这首诗和下一首《微睡又把我带进了……》都是献给作者的好友尼·弗·涅多勃罗沃(1884—1919)的。涅多勃罗沃是阿赫玛托娃诗作优异的评论者，曾对她表示爱慕，但被她所婉拒。

凝望着眼前的道路远去。

面对这位被人讴歌的少女，
我隐隐感到恐惧。
悄悄收敛的阳光
在她肩头上游戏。

我怎能宽恕她——
你对她吐露过爱恋的赞誉……
瞧,赤身胜似着装，
忧伤使她悦愉。

1916年秋

微睡又把我带进了……

微睡又把我带进了
我们最后会面的星国天堂——
那儿是金色的巴赫奇萨拉伊①，
城里的喷泉莹洁清凉。

在那斑斓的围墙外，
在那沉思的水泉旁，
我们回忆皇村花园中的往事，
心中洋溢着欢畅。

---

① 俄罗斯南方的一座城市，位于克里木州。普希金就巴赫奇萨拉伊的喷泉写过著名的诗篇。

那是叶卡捷琳娜的山鹰①，
我们一眼就把它认出！
它从华丽的青铜大门上飞下，
飞向深深的溪谷。

为了使离别时痛苦的歌声
在脑海里长久地留恋，
山麓棕色的秋天
送来了红叶片片。

红叶落在阶沿上，
那是我和你分手之处，
我的可人啊，你从哪儿
走进了影子的国度。

1916 年秋，塞瓦斯托波尔

① 指叶卡捷琳娜女皇和俄国的飞鹰国徽，这里指皇村公园围墙和栏杆上的金属山鹰图案。

你为什么要佯装成……

你为什么要佯装成
是风,是石,是鸟?
你为什么要变成骤发的闪电
从空中向我微笑?
别再折磨我,别再碰我!
还是让我为日常生活操劳……
在那灰蒙蒙的干涸的泥塘上
醉醺醺的火焰在闪摇。
缪斯围着一条破烂头巾
拖着长声阴郁地吟唱。
在那残酷的青春的忧愁中
孕育着她那奇异的力量。

1915年7月,斯列坡涅沃

我们俩不会道别……

我们俩不会道别,——
肩并肩走个没完。
已经到了黄昏时分,
你沉思,我默默不言。

我们俩走进教堂,看见
祈祷、洗礼、婚娶,
我们俩互不相望,走了出来……
为什么我们俩没有此举?

我们俩来到坟地,
坐在雪地上轻轻叹息,

你用木棍画着宫殿，
将来我们俩永远住在那里。

1917 年

祷　告

让我饱尝坎坷岁月的辛酸，
让我窒息、发烧、失眠，
夺走我的婴儿，我的朋友，
还有我吟唱的神秘才——
经受了一连串难熬的日子，
我跟随你的弥撒如此祈祷，
但愿黑暗的俄罗斯上空，
乌云变成彩霞辉煌照耀。

1915 年 5 月，圣灵节，彼得堡

狂妄使你的灵魂蒙上阴影……*

狂妄使你的灵魂蒙上阴影，
使你的眼睛看不见光明。
你说，我们的信仰——是梦，
是海市蜃楼——那是我们的京城。

你说——我的王国罪孽深重，
我说——你的王国并无神灵。
即使过失还压在我们的身上——
也来得及补偿，也可以更正。

---

* 这首诗和后边的两首《傍晚的天色茫茫昏黄……》《我觉得——这儿永远……》都是写给她的好友、银嵌画家鲍·安列坡（1883—1969）的。

你的周遭——有花,也有水。
何必还来敲叩贫穷罪女的门?
你在寻求死亡,可又怕生命结束——
我知道,这就是你病入膏肓的原因。

1917 年 1 月 1 日,斯列坡涅沃

记1914年7月19日*

我们衰老了一百年,
这事发生在一瞬间:
短短的夏季已经结束,
耕后的平原升起硝烟。

沉寂的大道顿时声色杂乱,
哭声阵阵像银器响彻云天……
我祈求上苍,捂住了脸,
让我死在第一仗之前。

---

* 1914年7月19日是第一次世界大战爆发之日。

歌声倩影从记忆中消逝，
从此摆脱了多余的负担。
上苍命令它把空白记忆变成可怕的书，
把雷雨的信息写在上边。

1916 年夏，斯列坡涅沃

梦

我知道，我已不能成眠，
我走进了你的梦境，
模糊的蓝色路灯，
为我照出了一条途径。

你梦见了皇后的花园，
奇异的雪白的殿堂，
还有黑色花纹的围墙，
紧靠着回声隆隆的石廊。

你走着，不明方向，
心里只想着："快呀，快，

啊，但愿能找到她，
可不要没见面就醒来。”

哨兵守在红色的门前：
“到哪里去！”他对你叫嚷。
冰层轧轧地在破裂，
黑水悠悠在脚下流淌。

“这是湖水，”你在思忖：
“湖心有个小岛……”
突然间一点蓝色的星火
透过黑暗往这边瞧。

你一觉醒来，哼哼呀呀，
凄凉的白昼，刺眼的光照，
你平生第一次
把我的乳名呼叫。

1915年3月，皇村

傍晚的天色茫茫昏黄……

傍晚的天色茫茫昏黄，
四月的清凉——温柔爽朗。
你晚来了很多很多年啊，
可我还是为认识你而神往。

你过来，挨近我坐下，
用高兴的眸子看一看：
这蓝色的笔记本里啊——
有我儿时的诗篇。

恕我过去的生活一片凄凉，
连太阳也难于让我欢畅。

我把很多人误认为是你了,
求你原谅,原谅,原谅。

1915 年春,皇村

我不知道你活着，还是已经死去……

我不知道你活着，还是已经死去，——
在大地上是否还能把你找到，
或者只是在傍晚的沉思中
情真意切地将死者哀悼。

一切都是为了你：白天的祈祷，
不眠之夜昏昏沉沉的头脑，
还有我的诗篇——群飞的白鸟，
还有我明眸中蓝色的火苗。

没有人比你对我更玄妙，
没有人比你更伤我的心，

甚至那个背弃了我,让我受苦的人,
甚至那个爱抚过我,又把我忘却的人。

1915 年夏,斯列坡涅沃

我的影子留在那里了……

我的影子留在那里了，郁郁不乐，
仍然住在那蓝色的房间，
它在等待半夜过后的来客，
把小小的珐琅圣像贴在嘴边。
家中并不完全平安无事，
点上灯火还是觉得昏昏暗暗……
新的主妇是否因此感到寂寞，
男的主人是否因此一边喝酒
一边谛听薄薄的墙后来客和我
在怎样进行交谈？

1917年1月，斯列坡涅沃

我觉得——这儿永远……

我觉得——这儿永远
不会再有人的声息，
只有石器时代的风
把黑色的门板敲击。
我觉得在这片苍穹之下
幸存者只有我自己——
因为我第一个表示
甘愿饮尽鸩酒毁我身躯。

1917 年夏，斯列坡涅沃

《车前草》* 选译

《车前草》封面(1921 年版)

* 《车前草》出版于 1921 年。这是阿赫玛托娃在世时所编的七本诗集中最薄的一本，收短诗三十八首，其中还有一首译作。这些诗大部分写于 1917—1919 年间，有几首写得更早些，未曾收入前两本诗集。

家中立刻静了下来，最后一朵……

家中立刻静了下来，最后一朵
罂粟花也已飘落，
我在昏昏沉沉中迎来
早早降临的夜色。

大门已经紧紧地关闭，
黑夜漫漫风习习。
欢乐在哪儿，忧虑在哪儿，
温存的未婚夫你又在何地？

我白等了多日，也没有得到
神秘戒指去向的信息，

歌儿像娇嫩的女俘虏
在我胸房中断了气。

1917 年,斯列坡涅沃

你背信弃义：为了绿色的岛屿……*

你背信弃义：为了绿色的岛屿①
抛弃了，抛弃了自己的祖国，
抛弃了我们的圣像、我们的歌，
还有静静湖畔的松柏。

你这个剽悍的雅罗斯拉夫人，
既然你的理智还没有泯没，
为什么要死盯住红发美女，
还有那些豪华的楼舍？

---

* 这首诗是写给画家安列坡的。

① 指英国，安列坡1917年流亡英国。

如今你就亵渎神灵吧，妄自尊大吧，
你就践踏东正教徒的灵魂吧，
你就留在英国皇家的首府吧，
你就爱你的自由吧！

1917 年

天一亮我就醒来……

天一亮我就醒来，
欣喜之情充溢胸怀，
坐在船舱中依窗望外，
一片碧波在眼前展开，
有时，天阴，到甲板上去，
身上紧裹着毛茸茸的皮衣，
倾听机器隆隆地喘息，
脑子无所思虑，
这时，我预感到
就要见到他——我心中的星，
这时，咸的水珠，咸的海风，
使我变得一刻比一刻更年轻。

1917 年 7 月，斯列坡涅沃

我和一个高个人私交……

我和一个高个人私交，
他像一只黑眼睛雏鹰，
我迈着轻盈的步伐
如同跨进早秋的花亭。
那里，最后几朵玫瑰在开放，
还有一轮透明的月亮
在灰蒙的云层中飘荡……

1917 年夏，彼得堡

你当时看了一眼我的脸……*

你当时看了一眼我的脸，
仿佛天使搅浑了水面，
让我恢复了元气和自由，
你收下戒指留作奇迹的纪念。
我笃信宗教的悲伤——
拭去双颊病态发烧的红晕。
我会牢记那风雪狂吹的季节——
弄得心神不宁的北方二月。

1916年2月，皇村

---

* 这首诗也是写给画家安列坡的。

我问过布谷鸟……

我问过布谷鸟，
我还能活几年……
一棵棵松树抖了抖树梢，
黄色的阳光摔倒在青草中间。
清新的树林里没有一点声音……
我往家中走，
凉爽的风儿抚爱着
我滚烫的额头。

1919 年 6 月 1 日，皇村

尘世的荣誉如过眼烟云……

尘世的荣誉如过眼烟云……
我并不希求这种光环。
我曾经把幸福的情感
向我的所有情人奉献。
有一个人今天还健在，
正和他现在的女友情爱绵绵，
另一个人已化成青铜雕像，
站在雪花飞舞的广场中间。

1914 年冬

这件事很简单,很清楚……*

这件事很简单,很清楚,
每个人都很了然,
你根本不爱我。
从来没有把我放在心坎。
你和我已成陌路人,
我又何必总想把你看望,
我何必在夜深人静时,
为你祈祷上苍?
为什么我要抛弃友人,
抛弃卷发的孩郎,

---

* 这首诗也是写给安列坡的。

为什么我要离开心爱的城市，
离开我亲爱的家乡，
像个黑色的女丐
在他国的首府流浪？
啊，只要一想到会见到你，
我心中就无限欢畅！

1917年夏，斯列坡涅沃

身躯变得何等可怕……

身躯变得何等可怕,
嘴唇苍白,受尽折磨!
我希求的不是这样的死,
邀定的也不是在这个时刻。

我觉得在高空的某处
乌云撞击着乌云,
于是,飞驰的电火,
雄壮的欢乐,
像一个个天使一样降临。

1913 年

我没有遮掩小窗……

我没有遮掩小窗
你尽管窥视我的闺房。
我由此感到满怀欣喜，
因为你离不开这个地方。
任人说我不守本分，
任人狠狠地把我诅咒：
我曾使你彻夜失眠，
我曾变成你的忧愁。

1916年3月5日

如今再没有人听唱歌曲……

如今再没有人听唱歌曲。
预言过的日子已经降临。
我最后的一首歌呀,世界不再美妙,
不要响了,不要撕裂我的心。

前不久你还像只自由的燕子
飞翔于黎明的时辰,
如今你成了饥饿的女丐,
敲不开陌生人家的大门。

1917 年

颈上挂着几串小念珠……

颈上挂着几串小念珠，
双手藏在宽大的袖笼里，
我的眼睛茫然地张望，
永远也不会哭泣。

紫里透红的绸衣衫
愈加衬托出我的苍白容颜，
我那没有鬈曲的额发，
几乎压上了眉尖。

这步伐不像是飞翔，
这步伐徐徐缓缓，

双脚如同踏着木排
而不是方块的嵌木地板。

苍白的嘴唇微微张启。
不均匀的呼吸十分吃力，
会晤未能实现，
花束在我胸前战栗。

1913 年

短　歌

天亮后,我有时也不提及
梦为我唱的歌。
同样的命运——唱给粉红色玫瑰。
唱给阳光,唱给我。
我比白雪还白,
白雪滚下缓缓的山坡。
泛滥混浊的河的边岸呀,
在梦乡中甜甜地睡着。
松林清新的喧嚣,
比拂晓的沉思更平和。

1916 年

我听到一个声音。他宽慰地把我召唤……*

我听到一个声音。他宽慰地把我召唤：
“到这边来吧，”他说，
“放弃你那多灾多难的穷乡僻壤，
永远地离开你的俄国。
我会洗掉你手上的血迹，
清除你心中黑色的耻辱，
我要用新的东西抵消你的委屈
和遭受打击的痛楚。”

---

* 这首诗还是写给安列坡的。

可是我淡然地冷漠地
用双手把耳朵堵住，
免得那卑劣的谰言
将我忧伤的心灵玷污。

1917 年秋

《ANNO DOMINI》* 选译

АННА АХМАТОВА
ANNO DOMINI MCMXXI
КНИГОИЗДАТЕЛЬСТВО
ПЕТРОПОЛИС · ПЕТЕРБУРГ
ТЫСЯЧА ДЕВЯТЬСОТ
ДВАДЦАТЬ ВТОРОЙ ГОД

《ANNO DOMINI》封面（1922 年版）

* 《ANNO DOMINI》1922 年印行第一版时，诗集的全名是《ANNO DOMINI MCMXX1》。这是拉丁文，即《耶稣纪元 1921 年夏》，后来简称《耶稣纪元》。收入本集的作品，除少数几首外，全部写于 1921 年，说明那是她创作最丰的一年。老革命家尼·奥辛斯基谈到这本诗集时，写道："阿赫玛托娃没有辱骂革命，而是歌颂了革命，她歌颂了在战火中诞生的美好事物，她越来越接近了我们从饥荒和贫困的枷锁中争来的东西。"（《真理报》，1922 年 7 月 4 日）

抛弃国土,任敌人蹂躏……

抛弃国土,任敌人蹂躏,
我不能和那种人在一起。
我厌恶他们粗俗的奉承,
我不会为他们献出歌曲。

我永远怜悯沦落他乡的游子,
他像囚徒,像病夫。
旅人啊,你的路途黑暗茫茫,
异乡的粮食含着艾蒿的苦楚。

我剩余的青春在这儿,
在大火的烟雾中耗去,

我们从来没有回避过
对自己的任何一次打击。

我们知道,在将来进行审判时,
每个小时都将证明自己无罪……
然而世上不流泪的人中间,
没人比我们更高傲、更纯粹。

1922 年 7 月,彼得堡

他悄悄地说:我甚至不惜……

他悄悄地说:“我甚至不惜
毁掉最真挚的爱,——
或者——你全部属于我,
或者——我把你杀害。”
多少天来这声音像牛虻
在我头上不停地嘶叫,
你这般无端的嫉妒
未免过于无聊。
痛苦难熬,生命尚存,
自由的风儿会把泪水吹干,
只要轻轻温存爱抚,
喜气立即会盈溢在可怜的心间。

1922 年 2 月

这儿真好:簌簌,飒飒……

这儿真好:簌簌,飒飒,
严寒凛冽,一朝甚于一朝,
一丛璀璨的冰雪玫瑰
燃着白焰,弯下枝腰。
富丽松软的茫茫雪地,
留下滑雪板的痕迹条条:
仿佛在诉说往昔的时代
你我二人曾在此地逍遥。

1922 年

黑戒指的故事

一

鞑靼族的姥姥
很少给我礼物；
为什么给我洗礼——
为此她心疼愤怒。
临终前她发了慈悲，
第一次表示后悔，
叹了一口气说："嗨，岁月呀！
瞧，我外孙女多么年轻貌美。"
她原谅了我的脾气，

把一枚黑戒指留给我。
她说:“她戴上正合适,
戴上它,她会活得快活。”

二

我告诉我的朋友们:
“痛苦真多,幸福太少。”
我失落了戒指,
我捂住脸儿,走了。
朋友们告诉我:
“为了戒指,我们各处寻觅——
海边的沙滩,
松林的草地。”
有个人,比别人胆子大,
在林荫路上追上我,
他一再劝诱
让我等到天黑的时刻。
朋友的建议令我吃惊,
我生了他的气,
“我需要您干什么?”

他的眼睛充满柔情蜜意。
“您只会傻笑，
彼此当面夸耀，
再就是把花儿送来。”
我让大家都走开。

三

我一回到自己的闺房，
就像只猛禽号叫忧伤，
我扑倒在床上，
不下百次地回想：
晚饭时怎么坐着，当时的情景，
怎么偷看那一双黑色的眼睛，
怎么在橡木桌前静坐，
我没有吃，也没有喝。
怎样从花纹的桌布下
把黑色的戒指送给他，
他是怎样地看看我的脸庞，
然后站起身来，走向门廊。
……

没人能带着遗物找我来！
远方木舟飞快，
天色映红，
风帆泛白。

1917—1936 年

铁铸的栏杆……

铁铸的栏杆，
松木的床铺。
多么甜美呀，
我再也不必嫉妒。

哭泣着，哀求着，
为我铺展被褥；
从此任你浪迹天涯吧，
愿上帝给你帮助！

如今激烈的言辞
不会刺伤你的耳鼓，

如今再没有人为你
到天亮点燃蜡烛。

你我终于获得安宁，
还有时光——没有被玷污……
你在哭泣——可是我呀，
不值得你洒下一滴泪珠。

1921 年 8 月 27 日，皇村

你不可能活下来……

你不可能活下来，
你不可能再从雪地上爬起。
二十八处刀伤，
五颗子弹射进躯体。

我为朋友缝了一套
伤心的衣服。
俄罗斯大地呀，
它喜爱，喜爱血染故土。

1921年8月16日

站在天堂的白色门口……

站在天堂的白色门口，
他回头喊了一句："我在等候！"
临终前，他在遗言中
留给我善行与贫穷。

当天空透明的时候，
他嗡嗡地振动着翅膀，
看我跟乞讨的人
怎样把硬面包分享。

当白云在血海中漂浮，
如同经过一场厮杀，

他会听见我的祈祷
和我倾诉爱情的话。

1921 年 7 月

我的话咒得情人们死去……

我的话咒得情人们死去，
一个跟着一个兑了现。
啊，真让我伤心！这些坟茔
恰恰证实了我的预言。
像乌鸦嗅到热血的鲜味
在空中上下盘旋，
那些野性的歌曲欢腾着
给我送来了爱恋。

我跟你在一起感到甜蜜和热烈，
你那么亲，如同胸怀贴着胸怀。
把手伸给我，安安静静听着，

我恳求你,恳求你:走开。
让我不知道你的去向,
啊,缪斯,不要再把他唤回来,
让他活在人世吧,不被我讴歌,
让他不曾体验过我的爱。

1921年秋,彼得堡

写给很多人

我是你们的声音,是你们呼吸时的热,
是你们脸庞的映影,
多余的翅膀何必无味地扇动,
反正我和你们要在一起终此一生。

正因为如此,你们才这般贪婪地
喜欢看到我有罪而又无能,
正因为如此,你们才义无反顾地
把自己最优秀的儿子与我相赠,
正因为如此,你们对他的情况
从来也不打听,还用那
令人头昏目眩的颂扬,乌烟瘴气地

充满我那永远空荡的门庭。
还说什么——不可能结合得更紧密,
即使已经纠正,也不可有爱情……

正像影子想与身子脱离,
正像肉身想与灵魂解体,
我现在想永远被人忘记。

1922 年 9 月

《芦苇集》* 选译

Тростник

И было темно. И это был пруд
И волны...

Борис Пастернак.

选自《六本诗集》(1940 年版)的扉页《柳树》
阿赫玛托娃亲自把《柳树》改成《芦苇》

* 《芦苇集》是阿赫玛托娃在第二次世界大战前夕编成的一本诗集，收集了1924年至1940年的作品，其实主要是1934年到1940年的作品，因为从1925年到1935年，她写的诗很少。这本诗集未能印成单行本，后来，她把它编在其他集子中。最初，它包括《不，这不是我，是另外一人在悲哀》《一句话像石头落地……》和《钉死在十字架上》三首短诗，没有注明这是组诗《安魂曲》中的部分。1987年苏联期刊上正式公开发表她的《安魂曲》全文，也属于她这个时期的作品，故一并编在这里。

缪　斯

当我深夜等她来临的时刻，
总觉得生命危急，一发千钧。
站在这位手拿笛子的可爱女客面前，
谁还去想什么——自由、荣誉、青春。
她走了进来。撩起面纱
看着我，把我细细地观察。
“是你把《地狱》篇口述给但丁？”
我问道。“是我。”她回答。

1924 年

二 行 诗

别人对我的赞美——不过是灰烬，
你对我的非难——也是嘉奖。

1931 年

但　丁[*]

我的美丽的教堂①

——但丁

死后他也没有重返
他那古老的佛罗伦萨。
临别时，他没有回头顾盼②，

---

* 但丁(1265—1321)，意大利诗人，佛罗伦萨政治活动家。1302年敌对派得胜后他被迫离开故乡，1315年让他回去，但条件是当众认罪。但丁坚决拒绝。

① 原文是意大利文，引自但丁的《地狱》篇。

② 这里援引古希腊神话中关于歌手俄耳甫斯的典故。俄耳甫斯为了寻找死去的妻子欧律狄刻，来到冥国。冥后珀耳塞福涅为歌手的歌声所感动，答应放他妻子回到人间，但在走出冥界前不得回头看妻子的影子。俄耳甫斯没有遵守禁令，因而永远失去了妻子。

为此我才把歌儿唱给他。
火炬，黑夜，最后一次拥抱，
命运在门外疯狂嚎叫。
他在地狱里把它诅咒，
到了天堂也没有把它忘掉，——
但是，他没有赤脚，没有穿忏悔袍，
没有手秉燃烧的蜡烛——
在他心爱的、变节的、卑下的、
向往已久的佛罗伦萨踱步……

1936 年 8 月 17 日

柳　　树

还有一束枯枝。
——普希金

我生长在花纹精致的寂静中，
在凉爽的儿室，正是世纪年轻时节。
我感受不到人们说话声的亲切，
可是风的声音我却能听懂。
我喜爱牛蒡花，
我喜爱荨麻，
但我最爱的是一棵银色垂柳。
它一生跟我做伴，充满深情，
用枝条为我编织失眠的梦境。

说来也怪！——我活得却比它长久。
如今，原地只剩下树墩一段，
在我们那片天空下，有别的柳树伫立，
它们操着陌生的声音进行交谈。
我默默无语……如同死了一个兄弟。

1940 年 1 月 18 日

活人一旦死去……

活人一旦死去，
他的遗像也会改变模样。
唇边的笑容显得不同，
眼睛闪射出异样的光亮。
从一个诗人的葬礼归来，
我发现了这一现象。
从此，我便经常核对——
证实了我的猜想。

1940 年 5 月 21 日

离　　异*

一　我们经常分离——不是几周……

我们经常分离——不是几周，
不是几个月，而是几年。
终于尝到了真正自由的寒冷，
鬓角已出现了白色的花环。
从此再没有外遇、变节，
你也不必听我彻夜碎嘴，

* 这组诗写女诗人与艺术学家尼·普宁的关系。她与普宁共生活十五年，1938 年离异。

倾诉我绝对正确的例证——
源源不断,如同流水。

1940 年

二　正像平素分离时一样……

正像平素分离时一样,
初恋的幽灵又来叩击我们的门扉,
银白的柳树披拂着枝条冲了进来,
显得那么苍老而又那么俊美。

我们伤心,我们傲慢,又有些傻呆,
谁也不敢把目光从地上抬起来,
这时鸟儿用怡然自得的歌喉对着我们
唱出我俩当年是何等的相亲相爱。

1944 年 9 月 25 日

三　最后一杯酒

为破碎的家园,

为自己命运的多难，
为二人同在时感到的孤单，
也为你，我把这杯酒喝干——
为双唇出卖了我的谎言，
为眼睛中没有生气的冷焰，
为上帝无法拯救的苦难，
为残酷而粗野的人寰。

1934 年 6 月 27 日

安 魂 曲*

1935—1940

不，我不躲在异国的天空下，

* 《安魂曲》最初名为抒情组诗，后来改称长诗。

《安魂曲》的内容是苏联二十世纪三十年代阿赫玛托娃和祖国人民一起经历过的悲惨事件。1935 年 10 月 22 日，阿赫玛托娃的第二任丈夫，全俄艺术院教授尼古拉·普宁和阿赫玛托娃的儿子列夫·古米廖夫，列宁格勒国立大学历史系学生以“反苏恐怖小组的成员”的罪名被逮捕。当时阿赫玛托娃在作家米·布尔加科夫的帮助下给斯大林写了一封信，要求减轻丈夫与儿子的罪。1935 年 11 月 4 日解除了对普宁和古米廖夫的看管。1938 年 3 月 10 日列夫·古米廖夫第二次被捕，罪名是“参加列宁格勒国立大学青年反苏恐怖组织”。列宁格勒军区军事法庭于 1938 年 9 月 27 日判处他十年劳改的徒刑。1938 年 11 月 7 日苏联最高军事法庭改变了原判，于 1939 年 2 月至 5 月进行了重审。列夫·古米廖夫不承认自己犯有反苏活动罪。苏联内务部 1939 年 7 月 26 日改判他 5 年劳教。阿赫玛托娃从 1935 年着手写作这部作品，直到 1940 年完成。晚年，她又作了一些改动，还为少数好友朗诵过这部作品。（接下页）

也不求他人翅膀的保护，——
那时我和我的人民共命运，
和我的不幸的人民在一处。

1916 年

代　序

叶若夫迫害[①]猖獗的年代，我在列宁格勒的监狱外排过十七个月的队。有一次，有个人把我"认了出来"。当时，站在我身后的一位嘴唇发青的女人，她当然从来没有听说过我的名字，从我们习以为常的麻木状态中惊醒，扒在我耳边（那里每个人都是小声讲话的）问道：

"您能描写这个场面吗？"

我说：

（接上页）二十世纪五十年代，苏联政治形势发生变化，1962 年阿赫玛托娃将《安魂曲》送到《新世界》杂志编辑部，却没有发表。当时，这首诗已在读者中间广泛流传，而且出现了一些手抄本。有一篇手抄本流传到德国慕尼黑，1963 年在作者不知的情况下，将它全文发表出来。这可能是第一个版本。阿赫玛托娃保留了一本慕尼黑版本的《安魂曲》。书上还有作者的改动。这本珍贵的版本珍藏在阿赫玛托娃在喷泉楼的纪念馆中。以后发表的《安魂曲》，都以此为蓝本，同时也参考了其他有阿赫玛托娃改动的版本。

阿赫玛托娃生前没能在苏联国内公开发表《安魂曲》，因此哪一种手抄本应作为典范本，仍然是有争议的问题。

1975 年 5 月 20 日列宁格勒法院主席团通过决议，为列夫·古米廖夫平反。

① 尼·伊·叶若夫（1895—1940），1936—1938 年间在苏联担任内务人民委员，残酷镇压人民，民间将他的所作所为称为"叶若夫迫害"。

"能。"
当时,像是一丝微笑掠过曾经她那张脸庞。

1957 年 4 月 1 日,列宁格勒

献　　词

面对这般悲痛,高山也得低头,
大河也得断流,
但是,狱门锁得牢而又牢,
"犯人的窝"就在铁门后,
那里还有要人命的忧愁。
夕阳为某些人映辉,
清风为某些人吹拂——
我们不知道,我们在哪儿都无所谓,
我们只听到厌恶的钥匙声碎,
还有士兵们沉重的脚步。
我们晨起像是去做祈祷,
穿过野蛮化了的故都街巷,
到了那儿,见上一面,
如同见过死人一样,
太阳下沉,涅瓦河上烟雾缭绕,
而希望,仍然在远方歌唱。

一声判决……泪水顿时盈眶，
从此便和众人天各一方，
仿佛从心里狠狠地夺走了生命，
仿佛被人无情地打翻在地上，
可是她移动着脚步……一个人……摇摇晃晃。
在我发疯的两个年头的岁月里，
那些丧失自由的姐妹们去了何地?
她们会有什么幻想，冒着西伯利亚风雪，
圆圆的明月下，她们又能望见什么奇迹?
现在，让我把告别的问候，给她们寄去。

1940 年 3 月

前　　奏

这事发生在只有死人微笑的时候，
他为安宁而感到欣喜。
列宁格勒像个多余的累赘，
在自己的监狱前晃来晃去。
被判处有罪的人行进在一起，
他们已被折磨得丧失智力，
一声声火车的汽笛，

在唱着别离的短曲。
死亡之星在我们头上高悬，
无辜的俄罗斯全身痉挛——
她被踩在血淋淋的皮靴下，
如在黑色马露霞[1]的车轮下辗转。

一　拂晓时他们把你带走……

拂晓时他们把你带走，
我像是送殡似的跟在你身后，
孩子们躲在小屋里哭泣，
蜡烛在神龛前溶流。
你嘴唇上还留有小圣像的冷气，
额角上渗出冰凉的汗滴……这岂能忘掉！
我要像古代射击手[2]的妻子们那样，
在克里姆林宫的塔楼下哭号。

1935 年 11 月，莫斯科

---

① 马露霞——民间给逮捕犯人的黑色轿车起的别名。

② 俄皇伊凡四世于 1550 年所建立的特殊军队。1698 年，射击军部队发生数起暴乱，彼得一世把他们处死于红场，他们的妻子在刑场上号啕大哭。

二　静静的顿河静静地流……

静静的顿河静静地流，
黄色的月亮跨进门楼。

月亮歪戴着帽子一顶，
走进屋来看见一个人影。
这是个女人，身患疾病，
这是个女人，孤苦伶仃。

丈夫在坟里，儿子坐监牢，
请你们都为我祈祷。

1938 年

三　不，这不是我……

不，这不是我，是另外一人在悲哀。
我做不到这样，至于已经发生的事，
请用黑布把它覆盖，
再有，把灯盏拿开……

夜已到来。

1939 年

四　爱嘲笑人的女人……

爱嘲笑人的女人,
众多朋友的宠儿,
皇村愉快的罪女,
应当让你知道自己的生平境遇——
你是第三百名,前来给犯人送东西,
站在克列斯特监狱[①]门口,
用自己的热泪溶解
新年之际的冰层。
监狱里的杨树在摆动,
没有声息——又有多少无辜的生灵
在那里结束了性命……

1938 年

---

① 1892 年在彼得堡修建的监狱;1905—1907 年革命后,在那里主要关押政治犯。“克列斯特”是“十字”的意思,监狱形状如十字,故得名。

五　我呼喊了十七个月……

我呼喊了十七个月，
召唤你回家，
我曾给刽子手下过跪，
我的儿子，我的冤家。
一切永远都乱了套，
我再也分不清
谁是野兽，谁是人，
判处死刑的日子还得
等候多久才能来临。
只有手提的香炉的声音，
还有不知去向的脚印，
和盛开的花。
一颗偌大的星星，
直盯着我的眼睛，
以近日的死亡相恐吓。

1939 年

六　淡淡的日子，一周又一周飞逝……

淡淡的日子，一周又一周飞逝，
我无从理解，发生了什么事，
一个又一个白夜望着监狱，
你怎样了啊，我的儿子，
他们还用山鹰的
火辣辣的眼睛观望，
他们在议论你那高高的十字架，
还有……死亡。

1939 年春

七　判决

一句话像石头落地，
压住我尚在呼吸的胸脯。
没关系，我早已有所准备，
对此事——我也能够应付。

今天，我有许多事情要办，

必须把记忆彻底泯没,
必须让心灵变成顽石,
必须重新学会生活。

否则……盛夏的绿荫如办喜事
在我窗外热情地低声喧哗。
我早已预见到了这一天:
明朗的日子和空荡的家。

1939 年 6 月 22 日,喷泉楼

八　致死神

反正你要来——为什么不现在?
我在等你——痛苦难挨。
我熄了灯,给你开了门,
你那么质朴,又那么古怪。
要完成此事,办法任你选择,
可以像颗毒弹射进屋来,
或者像个惯匪提着铁锤潜入,
或者用伤寒病菌把我陷害。
用你编造的、人人听厌的

童话也行，——但，我要看见
淡蓝色的帽顶[①]和居委会主任
如何脸色吓得苍白。
现在，我胸怀坦荡。
叶尼塞河波涛滚滚，
北极星光泽皑皑。
心爱人的蓝色目光
将临终的恐怖遮盖。

1939年8月19日，喷泉楼

九 疯狂张开了翅膀……

疯狂张开了翅膀，
遮盖了半个灵魂，
它倾注火辣的酒浆，
往黑色的峡谷招引。

我明白了，我应当
把胜利让给它。

---

① 指苏联公安人员制帽的颜色。

我谛听自己的声音,
如同听别人的梦话。

它不允许我随身
把任何物品带走,
(不管我怎样向他央告,
还是向他苦苦地乞求):

无论是儿子那双可怕的眼睛——
那悲痛变得像石头一般沉默,
无论是雷雨袭击的日子,
无论是牢房探监的时刻,

无论是手臂温柔的凉爽,
无论是菩提不安的阴影,
无论是远方微弱的声音——
那最后的安慰的寄情。

1940 年 5 月 4 日,喷泉楼

十　钉死在十字架上

“圣母，别为棺中的我
号啕痛哭。”

一

天使们齐声颂扬伟大的时刻，
烈火布满了万里长空。
它对圣父说：“为什么把我撇下！”
我对圣母说：“啊，不要为我痛哭……”

二

马格达丽娜在颤抖在哭泣，
得意的门生变成石人一具，
可是没人敢把视线转向
圣母默默伫立的地方。

1940年，喷泉楼

尾　　声

一

我明白了，一张张脸是怎样在消瘦，
恐惧是怎样从眼睑下窥视，
苦难是怎样在脸颊上刻出
一篇篇无情的楔形文字。
我明白了，灰头发、黑头发
是怎样突然间变得银白，
老实人的嘴角上微笑怎么枯萎，
胆怯怎样在苦笑中战栗起来。
我不是为自己祈祷，而是为
和我一起排过队的所有人家——
大家冒着刺骨的寒冷，熬着七月酷暑，
伫立在阴森森的红色大墙下。

二

祭奠的日子又临近，
我看见了，听见了，感觉到了你们：

她，半死不活地被拖向窗口，
还有她，已不能在故乡的土地上行走，

还有她，把美丽的头颅摆了一下，
说了一句："我来这里，如同回家。"

我真想提到每一个人的姓名，
可惜名单被抢走，我已无处去打听。

我用我从她们那儿偷听到的可怜的哭诉，
为她们编织了一面宽大的遮布。

我无时无刻无处不把她们回忆，
新灾新难临头时，我也不会把她们忘记，

千万人用我苦难的嘴在呐喊狂呼，
如果我的嘴一旦被人堵住，

希望到了埋葬我的前一天，
她们也能把我这个人怀念。

倘若有朝一日,在这个国家里
有人想为我把纪念碑树立,

我对这隆重的盛举表示同意,
但,有一个条件不要忘记——

不要建在我诞生的大海之边:
我跟大海已经绝缘,

也不要建立在皇村公园中心爱的树桩旁,
伤心已极的影子在那儿正把我寻访,

而要建立在这里:在我伫立了三百个钟点的地方,
当时门闩紧锁,不肯为我开放。

再有,在安宁的死亡时我怕忘记
黑色马露霞的轮旋声急,

忘记那可恨的牢门怎样砰的一声关闭,
一个老妇像受伤的野兽在号泣。

让融化的积雪像滚滚的泪珠
从那不眨动的青铜眼皮下流出。

让狱中的鸽子在远方啼鸣，
让轮船在涅瓦河上悠悠航行。

1940 年 3 月 10 日，喷泉楼

马雅可夫斯基在1913年

你满载荣誉时,我没有见过你,
却记得你霞光灿灿的黎明,
或许因此今天我有权利,
回忆那久远年代的一天的情景。
你诗中的声音越来越有力,
新的话语成群成堆的涌现……
你筑起巍峨的脚手架,
年轻的手臂不知道疲倦。
凡事经过你的手都会发生变化,
与以往的样子告别,
你要摧毁的——摧毁了,
字字句句中都响彻着判决。

你孤军作战，愤愤不平，
焦急地催促命运的升腾，
你知道很快就会欢欣自由地
投入自己的伟大斗争。
当你为我们朗诵时，已经可以听到
海潮澎湃的回声，
雨水气愤地目光斜视，
你和都市展开了激烈的论争。
一个从未听见过的名字
像闪电闯入沉闷的大厅，
如今他为全国所珍爱，
恰似战斗的号角，奏出嘹亮的轰鸣。

1940 年 3 月 3—10 日

《第七本诗集》[*] 选译

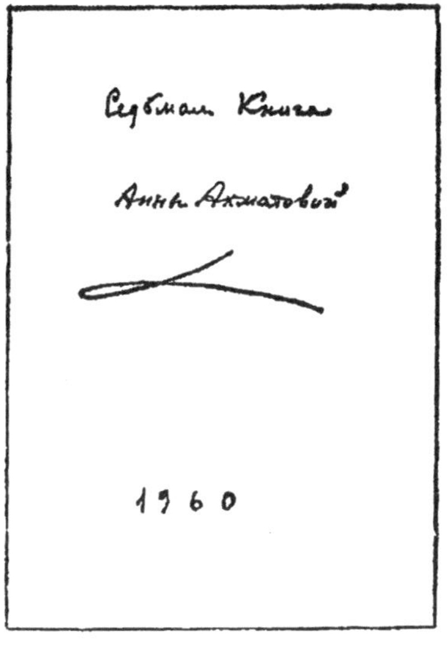

《第七本诗集》(1960 年阿赫玛托娃亲自设计的封面草图)

* 阿赫玛托娃在战争年代疏散到中央亚细亚的塔什干时，于 1943 年 11 月编成最初版本的《第七本诗集》。但它和《芦苇集》一样，没能出版。后来，几经补充新作，重新组合，最后，改名为《时间在奔驰，第七本诗集》，其中分成几个部分：职业的秘密；一九四〇年；战争风云；塔什干组诗；重返列宁格勒；四行诗；抒情诗组；选自焚尽的诗抄；战时的诗及战后的诗，直到 1965 年的作品。新的版本出版了，这是阿赫玛托娃生前见到的自己的最后一本诗集。

我们的神圣行业……

我们的神圣行业
历史久长……
世界有了它,没有光也明亮,
可是还没有任何一个诗人说:
人间没有智慧,没有衰老,
乃至没有死亡。

1944 年 6 月 25 日,列宁格勒

宣　　誓*

今天和恋人告别的少女，——
也愿你把痛苦化为力量。
我们面对儿女，面对祖坟宣誓：
谁也不能迫使我们投降！

1941 年 7 月，列宁格勒

* 自《宣誓》至《从飞机上外望》为阿赫玛托娃德国战争时期所写的诗作。

英雄气概

我们知道这是生死攸关的时刻，
我们知道正在发生什么事件。
我们的时钟宣告英雄时代已经开始，
英雄气概再也不会离开我们身边。
不怕在子弹下丧失生命，
不怕在战争中失去家园，
我们要将你保存下去——
伟大的俄罗斯语言。
保卫你，让你自由、纯洁，
传给子孙后代，摆脱羁绊，
直到永远！

1942年2月28日，塔什干

胜　　利

一　炮声轰鸣,大雪漫天……

炮声轰鸣,大雪漫天,
光荣的事业有了光荣的开端,
大地纯贞的身体遭到
敌人的蹂躏,饱含着哀怨。
家乡的白桦树向我们伸出手来,
在渴求,在召唤,
雄伟的严寒老人和我们一起
阔步向前,肩并肩。

1942 年 1 月

二　防波堤上第一座灯塔亮了……

防波堤上第一座灯塔亮了，
随后其他灯塔也将闪现，
一个水兵哭了，脱下无檐帽，
他闯过死亡的海面，
曾在死亡中穿行，甚至迎着死亡向前。

三　胜利站在我们的门外……

胜利站在我们的门外……
这位受欢迎的客人，我们如何将她接待？
让妇女们把从千万次死亡中
拯救出的儿童高高举起——
我们就是这样，把盼望已久的客人迎进门来。

1942—1945 年

四　1944 年 1 月 27 日

列宁格勒从死亡的深渊里站起，

史无前例的命运使它不胜惊喜，
在没有星星的一月的子夜
它鸣放礼炮，庆贺自己。

五　解放了的土地

清风吹拂云杉，
白雪覆盖田地，
再也听不见敌人的脚步，
我的大地正在休息。

悼念友人

胜利日，天气妩媚，雾色朦胧，
朝霞红艳，宛如一片火光，
春天姗姗来迟，它在无名战士墓前
像个寡妇奔忙。
她跪在那里，不急于站起，
抚摸青草，吹醒嫩芽，
让蝴蝶从肩头上飞向大地，
让第一朵蒲公英开出蓬松松的花。

1945 年 11 月 8 日

从飞机上外望*

一　几百俄里,几百英里……

几百俄里,几百英里,
几百公里
横亘着盐地,
茅草喧嚣,
雪松葱葱郁郁。
我像是初次观赏——它,
我的祖国江山,祖国大地。

---

* 1944 年 5 月 15 日,阿赫玛托娃乘飞机从塔什干返回莫斯科。

我知道:这一切都是我的——
是我的心,是我的躯体。

二　我要竖起一块雪白的石头……

我要竖起一块雪白的石头
纪念那一天,我讴歌了胜利,
为了迎接凯旋之日,我在飞,
超过太阳,一刻不息。

三　春天的机场上,青草……

春天的机场上,青草
在脚下沙沙细语。
到家了,到家了——真的到家了!
一切多么新鲜,又是多么熟悉,
舒缓涌进心房,
头发晕,备感甜蜜……
胜利的莫斯科
在五月清新的雷鸣中傲然屹立!

1944 年 5 月

三 个 秋 天

我无法理解夏日的微笑，
对寒冬的秘密我也没有发现，
但是，我确切地观察到
一年有三个秋天。

第一个——像过节那样零乱，
仿佛有意让昨天的夏日为难，
树叶纷飞，像撕碎的纸片，
轻烟飘香，沁人心田，
处处湿润、明朗、色彩斑斓。

白桦树第一个翩翩起舞，

披上透明的装束，
隔着篱笆向芳邻挥洒
转眼即逝的泪珠。

故事刚刚开始，如此这般，
只过了一分一秒，第二个秋天就已出现，
它像良心一般冷淡，
它像空中的雾霭一般阴暗。

顿时，万籁仿佛变得苍白衰老，
夏日的安逸也被洗劫一空，
远方行军中的金色铜号声
飘扬在芳香的雾中……

高高的苍穹看不见了，
到处弥漫着寒冷的气浪，
冷风袭来，大地袒露胸膛，
于是，人人明白了，悲剧即将结束，
这不是第三个秋天，而是死亡。

1943年11月6日，塔什干

亲人的心儿都高悬在星际……

亲人的心儿都高悬在星际。
再无人可以失去,任你哭泣,
这真好啊,皇村能有这种空气
正是为了让你重唱歌曲。

湖畔一棵银色的柳树
将九月明澈的水面抚爱。
我的影子从过去中苏醒
默默地迎着我走来。

树枝上挂满了七弦琴,
好像也有我的一席之地。

合着阳光的条条雨丝，
给我送来喜讯与慰藉。

1921 年

在少先队夏令营

献给安·卡敏斯卡娅①

你好啊,年轻的
陌生的一代……
——普希金

我好像是在温和的夏日里迷了路,
在菩提成排的林荫道上漫步,
嫩枝组成了轻巧的绿网,
我在这网下观看孩子们欢舞。
树木之间这活泼的舞蹈,

① 阿赫玛托娃抚养的女孩,是尼·普宁的外孙女。

黝黑的脸上透出来的红晕，
黑红的手臂敏捷的动作，
顿时迷住了周围的物与人。
太阳的光影像一颗颗钻石，
徐徐的微风令人心旷神怡，
忽而吹来了林中草莓的芳香，
忽而又送来了百年古松的呼吸。
天空明朗湛蓝，
欢声笑语充满了偌大的公园，
甚至回声也显得朝气蓬勃……
……看，儿童们举着自己的旗帜阔步向前，
而祖国呀，
欣赏着这群孩子，
把无形的额头贴近他们的小脸。

1950 年 7 月，帕甫洛夫斯克

CINQUE*

他无疑和你一样，
至死永远对你忠贞。
——波德莱尔①

一　我仿佛俯在天边的云端……

我仿佛俯在天边的云端，
把你讲过的话儿思念，

* 意大利语：五。

① 波德莱尔（1821—1867），法国诗人，代表作是诗集《恶之花》。此处引文原为法文。

而你听到我的语句，
黑夜变得比白昼明丽。

我们，就是这样离开了大地，
像星辰漫步于高高的天际。

无论是现在、将来，或者当初，
都不会有绝望，也不会有耻辱。

可是在现实生活中，你可听见
我怎样把活着的你呼唤。

我已经没有足够的力量
关上你虚掩的门板。

1945 年 11 月 26 日

二　声音在太空中消逝……

声音在太空中消逝，
霞光变得昏暗。

永远沉默的世界里
只有你我交谈。
如同穿过阵阵的钟声，
风儿来自看不见的拉多加湖畔，
彻夜娓娓的倾诉变成了
彩虹交叉的微弱的光线。

1945 年 12 月 20 日

三　很久以来我就不喜欢……

很久以来我就不喜欢
别人对我表示怜悯，
可是有了你的一点同情，
就像太阳暖我身心。
所以我觉得周围一片晨曦，
所以我能够边走边创奇迹，
就是这个原因！

1945 年 12 月 20 日

四　你自己何尝不知道，我不会……

你自己何尝不知道，我不会
赞扬那天伤心见面的情景。
把什么留给你作为纪念？
我的影子？影子对你有何用？
那部烧掉的剧本的献词，
可是它连个灰儿也已不见，
或者是突然从镜框中走出来的
那张可怕的新年照片？
或者是焚烧白桦劈柴时
稳隐约约可以听见的响声，
或者是还没有给我讲完的
他人的爱情？

1946年1月6日

五　我们不像沉睡的罂粟花那样呼吸……

我们不像沉睡的罂粟花那样呼吸，
也不知道自己有什么过失。

我们是在哪些星辰指引下
为受苦受难而降生此世？
这正月的昏暗给我们端上了
什么难吃的浆羹？
是一种什么样的无形反照啊，
弄得我们直到黎明时头脑发疯？

1946 年 1 月 11 日

那颗心再也不会回答我的呼唤……*

赠尼·普

那颗心再也不会回答我的呼唤，
不管呼声中有欢乐还是悲戚。
一切都结束了……我的歌声
飞向没有你的茫茫黑夜。

1953年

---

* 此诗为悼念她的丈夫、艺术学家，尼·普宁（1888—1953）而写。

这就是它,果实累累的秋季……

这就是它,果实累累的秋季!
这么晚,才把它领到这里。
足足有十五个美妙的春天,
不许我从大地上爬起。
我那么近地将大地看个仔细,
贴在身上,搂在怀里,
而它,偷偷地把神秘的力量
灌输给一个命定死亡的躯体。

1962 年 9 月 13 日,科马罗沃

长诗未投寄时有感

这儿海风阵阵，
这儿有我们不住的小房，
这儿神圣雪松的树影
遮掩着紧紧关闭着的门窗……
世界上总会有那么一个人吧，
我可以给他寄去这些诗行。
啊！让唇角泛起苦涩的笑，
让心儿再一次感到刺伤。

1963 年

莫斯科的红三叶

一　近似题词

听到雷声你就会想起我，
你想：她曾经盼望过雷雨来临……
天边一角，变得绛红，
可是心，和那时一样——喷着烈火。
这事将发生在莫斯科的某一天，
那时我会永远离开这座城市，
向梦寐以求的码头奔驰，
把自己的影子留在你们中间。

二　无题

我们就在这儿分手，
在严寒的节日的莫斯科，
你在这儿也许会读到
第一版中的告别之歌——
两眼有些惊异：
“什么？什么？已经？……不可能！”
——”当然啰……”
圣诞节时的天空碧绿，
周围的一切无忧无虑，怡然自得……

不，从来还没有一个人跟另一个人
采取这种方式别离，
这正是对我们的功绩的奖励。

三　再敬一杯

为了你的信仰！也为了我的忠贞！
为了你我都在这个地方生存！

让魅力控制我们,永远永远,
但世界上没有比这更美的冬天,
天上没有比这更绮丽的十字星座,
也没有更长的桥梁,更轻盈的链锁……
为了一切漂浮过去,无声无息。
为了我们再也不要相遇。

1961—1963 年

代　献　词

在波浪上漫游，在森林中躲藏，
在洁净的珐琅上忽隐忽现，
看来，我还能够背负离别之苦，
可是忍受不了与你的会见。

1963 年夏

十 三 行

你终于开了口，
不像那些人……一条腿跪着——
你，像是从桎梏中挣脱，
泪水禁不住涌上眼窝，
透过泪眼看到了桦树荫下神圣的角落。
寂静在你的周围唱起了歌，
明朗的太阳把暗处照彻，
世界在这一瞬间改变了面貌，
酒也出奇地变得不涩。
甚至我，
可能是上帝语言的扼杀者，

也不免虔诚地闭住了嘴，
以便延长美好的生活。

1963 年 8 月 8—12 日

召　　唤

Arioso dolente①

我把你精心地藏进
一支奏鸣曲中间。
啊！你在惊慌地召唤
过错已无法改变，
只因为你接近了我，
虽然仅仅一瞬间……
死亡——只是为了宁静，
隐遁——才是你的夙愿。

1963年7月1日

① Arioso dolente——指贝多芬的《温柔的咏叹调》，作品第110号。

夜　访

都走了，谁也没有回来。

你不会在落叶飘飘的柏油路上
　　长久等候，
你和我在维瓦尔第①的柔板曲中
　　重将聚首。
那时蜡烛又将闪射出昏黄的光亮，
　　梦境悠悠，

① 维瓦尔第（约 1678—1741），意大利作曲家和小提琴家，乐队伴奏的小提琴协奏曲体裁的创始人。

弓弦不会问你[1]为何深更半夜走进

　　我的小楼。

半个小时在死一般无言的呻吟中

　　度了过去，

你在我的手心里又会看到那些

　　斑斑奇迹。

那时惊恐便贴在你的身上，

　　掌握着你，

跨出我的门槛把你带进

冰天雪地[2]。

1963 年 9 月 10—13 日，科马罗沃

---

① 据俄罗斯研究者们认为此人指的是阿赫玛托娃的第二任丈夫普宁。

② “冰天雪地”——指普宁被流放到北极，最后他死在那里。

音　乐

献给德·德·肖①

神奇的火在它的体内燃烧，
眼看着它的边缘在变化，
当别人不敢走近我的时候，
惟独它敢来跟我谈话。
当最后一个朋友也把目光转移，
它却来到我的墓中为我做伴，
它像第一声春雷放声歌唱，
又像所有的花朵同时开口攀谈。

1957—1958 年

① 即著名作曲家德米特里·德米特里耶维奇·肖斯塔科维奇（1906—1975）。

片　　断

……我觉得,是这片灯火
伴随我飞到天明,
我弄不清,是什么颜色——
这些奇异的眼睛。

周围在歌唱,在战栗,
我认不出,你是友,还是敌,
现在是隆冬,还是夏季。

1959 年 6 月 21 日,莫斯科

夏 花 园

我要去赏玫瑰，到那唯一的花园①，
那里有世界上最精最美的栏杆，

花园里的雕像记得我是个窈窕淑女，
而我记得它们一个个站在涅瓦水里②。

菩提树庄重雄伟，树下雅静芳香，
我仿佛听见船的桅樯辗轧作响。

---

① 即列宁格勒市夏花园。它建于十八世纪，除了满园花草树木之外，还以秀挺的铁栏杆、大理石雕像及喷泉等闻名。

② 1924 年列宁格勒发生过一次水灾。

天鹅和往昔一样在世纪里穿行，
它默默欣赏自己那美丽的倒影。

这里留下了千千万万个足迹，
敌人的，朋友的，朋友的，敌人的。

从花岗岩饰瓶[①]到宫殿门口，
浩浩荡荡的影子望不到尽头。

我的白夜在那儿悄悄细语，
诉说某人的爱情，崇高而秘密。

万物闪烁着贝壳和玉石的光芒，
光源神奇地隐蔽着，不知来自何方。

1959 年 7 月 9 日，列宁格勒

① 花园中的装饰品，用花岗石雕成，摆在林荫路两旁或花坛中间。

我仿佛听见了远方的呼唤……

献给米·左①

我仿佛听见了远方的呼唤，
可是周围没有人影，没有声息。
你们把他的躯体托付给
这片慈悲的油黑的土地。
无论是垂柳还是花岗石，
都不能把他的遗骸遮蔽，
只有那海湾上的风
飞来悼念他，失声涕泣……

1958 年夏，科马罗沃

① 作家米哈伊尔·左琴科(1895—1958)。左琴科病逝于谢斯特罗列茨克市疗养所里，安葬在海边附近的墓地。

不必用严酷的命运恐吓我……

不必用严酷的命运恐吓我，
也不必提什么北方无边的孤寂。
今天我跟你同享第一个节日，
节日的名字叫——别离。
管她什么月亮不再在我们头上彷徨，
什么我们等不到朝霞升起，
今天，我要赠给你一些
世上从未见过的厚礼：
那是我在水中的倒影，
它映在傍晚不眠时刻的小溪；
那是我的目光，它就像
陨落的星辰不能重返天际；

那是讲话的回声,已变得毫无气力,
当初那声音却像盛夏的清新飘逸——
为的是让你能在不战栗中听到
莫斯科郊外鸦群的流言蜚语,
为的是让十月里的潮湿
胜过五月的抚爱,变得甜蜜……
想念着我吧,我的天使,
哪怕只想到第一场瑞雪纷飞。

1959 年 10 月 15 日,雅罗斯拉夫公路

献给普希金城*

还有庇护皇村的庭荫……

——普希金

一　啊，我心疼呀！他们曾把你烧掉……

啊，我心疼呀！他们曾把你烧掉……
啊，这重逢呀，比离别更难熬！……
这儿曾是喷泉和高耸的林荫路，
远处是公园，庞大而古老，

* 皇村后来改名为普希金城。

四月里，腐地的气味飘及各处，
红霞曾比它本来的颜色更妖娆，
还有初次亲吻的美妙……

1945年11月8日

二　这棵柳树的绿叶早在十九世纪已经枯萎……

这棵柳树的绿叶早在十九世纪已经枯萎，
为的是在诗中让它以百倍的新鲜泛起银辉。
荒芜的玫瑰变成紫红色的野蔷薇，
不过皇村中学的校歌仍然嘹亮优美。
半个世纪过去了……奇妙的命运对我慨慷奖赏，
我在昏厥中忘记了年华的流逝消亡，——
我不会回到那里了！但即使前往忘川，
我也会带走我皇村花园的活的景象。

1957年10月4日，莫斯科

短歌四首

一　旅人的歌，或从黑暗中传来的声音

谁怕什么，
谁就会遇到什么，——
什么也不用怕。
这支歌已经唱过，
唱过的又不是这支歌，
那是另一支，
和它相似……
天哪！

1943年，塔什干

二　多余的歌

恐怖在取乐。风雷在散热。
黑暗走在死亡身边。
我们二人被强行拆散……
难道可以这么做？
倘若你愿意——我可以施法术，
但需要你心地善良：
你可以任选一样，
但不要选这种痛苦。

1959 年 7 月，科马罗沃

三　告别的歌

我没笑，也没有唱，
我整天默默不语，
其实，我只想跟你
从头再一次经历：

那初次无忧的争执，

那充满光明的梦幻，
还有那无声的、冷酷的、
匆忙的最后一顿晚饭。

1959 年

四　最后的一支歌

我在呓语中，在坟墓的歌唱中
寻找慰藉。
我承受的各种灾难，
超过了我的能力。
幕布没有升起，
轮舞的人影迷离，——
被夺走的人对于我
比任何人都亲昵。
玫瑰的花蕊
把这一切牢记。
可是昨日的泪水的味道
我无法忘记。

1964 年

诗集上的画像

它不像服丧，也不显得阴沉，
它仿佛是透明的淡淡的轻烟，
新婚后被搁置在一旁的
黑白交织的轻盈的花冠。
它下边是巴黎式光滑的额发，
还有那鹰钩鼻子的侧脸，
还有一只斜长的、绿色的
视觉极其犀利的慧眼。

1958 年

回　声

通往过去的路早已关闭，
重提往事对我有何意义？
过去有什么？——血染的石板，
封死的门壁，
或是那不会消逝的回声，
虽然我那么乞求它不要言语……
如今，这回声也落到了
和我心中珍藏的东西同样的境遇。

1960 年

诗　三　首

一　是时候了,应该把骆驼的嘶鸣遗忘……

是时候了,应该把骆驼的嘶鸣遗忘,
还有茹科夫斯基街上那栋白色楼房[1]。
应该,应该去看看桦树和香菌,
还有莫斯科那辽阔的秋天风光。
如今那儿的天空升得高而又高,
万物披着露珠,闪着光亮,

① 从 1941 年 11 月到 1943 年,阿赫玛托娃在塔什干时,曾住在茹科夫斯基街上的一栋房子里。

罗加乔夫公路①上还飘散着
年轻的勃洛克狂吹口哨的声响……

1944—1950 年

二　翻一翻黑色的记忆……

翻一翻黑色的记忆，
你会发现长及肘部的手套，
还有彼得堡的夜色。黄昏时的厢座
散发出窒息而又甜蜜的味道。
还有海湾吹来的风。在那儿
越过长吁短叹的诗行的蹊跷，
勃洛克——时代的悲惨的男高音——
睥睨地对你淡淡地微笑。

1960 年（？）

① 从莫斯科通往勃洛克家庄园的必经之路。

三　他说得对——又是街灯，药房……

他说得对——又是街灯，药房①。
涅瓦河水，万籁俱寂，花岗石墙……
他站在那里，活像本世纪初
竖立起来的纪念碑一样。
他向普希金纪念馆②
挥动手臂告别辞行，
他疲惫地接受了死亡——
作为不应得的安宁。

1946 年 6 月 7 日

---

① 这句话是针对勃洛克的下面一句诗而言："夜。路灯。药房。"

② 1921 年勃洛克在普希金纪念馆作了最后一次演说：《谈诗人的使命》。

永志不忘的日子又临头……

“永志不忘的日子”又临头，
其中没有一天不受诅咒。

但最该诅咒的日子却像霞光腾空……
我知道：心儿不是毫无缘由地跳动——

短暂的嘹亮，海涛袭来的前奏，
心儿灌满了混浊的忧愁。

我对往事，已经画了黑色的十字，
你还希求什么，西南风同志，

菩提树和枫树闯入房屋，
绿色大军嗡嗡喧闹，放肆无度，

大水已经淹没到桥的中央？
一切都和那时一样，和那时一样。

1945 年 6 月 16 日，列宁格勒，喷泉楼

如果天下所有向我乞求过……

如果天下所有向我乞求过
给予精神支持的人——
所有的呆子和哑子，
被遗弃的妻子和瘸子，
自杀者和流刑犯，——
人人给我寄来一分钱，
我就会如已故库兹明[①]常说的
比埃及所有的人都有钱。
可是他们没有把钱寄给我，

① 米·阿·库兹明（1875—1936），俄罗斯诗人。“比埃及所有的人都有钱”一句引自库兹明的诗集《亚历山大之歌》。

而是分给了我力量，
于是,我变成了天下最有力的人，
所以,这对于我来说并不困难。

1960 年

悼念诗人

回声像鸟儿似的回答我。

——鲍·帕[1]

一　人间的绝唱昨天哑然……

人间的绝唱昨天哑然，
树林的交谈者将我们遗弃。
他化为生长麦穗的庄稼，
也许变成了他讴歌过的细雨。
世上所有的花儿全都绽放了，

① 即俄罗斯诗人鲍里斯·帕斯捷尔纳克（1890—1960）。

却迎来了他的死期，
可是一个简称大地的行星，
骤然变得无声无息。

1960 年 6 月 11 日，莫斯科，鲍特金医院

二　缪斯像盲人俄狄浦斯的女儿……

缪斯像盲人俄狄浦斯的女儿
把先知引向死亡，
有一棵菩提树发了疯，
在这服丧的五月里鲜花怒放，
花儿恰恰开在这扇窗前，
当年他和我们攀谈过的地方，
他说，他眼前是鹏程万里的崎岖的路，
它的存在全靠上苍。

1960 年 6 月 11 日，莫斯科，鲍特金医院

皇村礼赞

一九〇〇年代
胡同里是木栅栏……
——尼·古①

一首真正的颂歌
正在低吟成句……且慢，
让我把皇村的遐想
藏进空箱子里面，
那是不祥的首饰盒，
那是柏木制的匣具。

① 尼古拉·古米廖夫，阿赫玛托娃的第一任丈夫。

至于那条胡同呀，
已经走到了底。
这儿不是契莫尼克，也不是舒雅——
这儿满城是花园，是亭台楼阁，
可是我要描写你呀，就像
夏加尔①描绘故乡维捷布斯克。
当年这儿有枣红骏马驰骋，
路上的行人都战战兢兢，
在铁路铺成之前，
这儿还有一家酒馆相当出名。
路灯照射街景，
光线昏暗不明，
悠忽一闪而过，
是辆皇家车影。
我是那样盼望
雪堆披着淡蓝
和远方的彼得堡
一起展现在跟前。

① 马克·夏加尔(1887—1985)，俄籍法国现代派画家。他出生在维捷布斯克市，早期美术作品中经常描绘他的故乡。

这儿没有古老的宝藏，
只有木板栅栏，
还有军需仓库
和车马落脚的大院。
有个年纪轻轻的巫女，
讲话吐字不清，
也不知她是怎样
给过路客人算命。
士兵们在那儿有说有笑，
毫不隐瞒心里的怨言……
一座有条纹的哨舍
飘散出廉价的马合烟。
他们扯着嗓子歌唱，
拿牧师的老婆赌咒，
伏特加酒喝到半夜，
咽下的是整碗的蜜粥。
乌鸦颂扬这幻影的世界，
呱呱呱几声哑叫，
一个高大的胸甲骑兵，
策着无座的雪橇。

1961 年 8 月 3 日，科马罗沃

故 乡 的 土

世界上不流泪的人中间，
没人比我们更高傲、更纯粹。

我们不把它珍藏在香囊里佩带在胸前，
我们也不声嘶力竭地为它编写诗篇，
它不扰乱我们心酸的梦境，
我们也不把它看成天国一般。
我们的心里不把它变成
可买可卖的物件，
我们在它身上患病、吃苦、受难，
也从来不把它挂念。
是啊，对于我们来说，它是套鞋上的土，

是啊，对于我们来说，它是牙齿间的沙，
我们踩它、嚼它、践踏它，
什么东西也不能把它混杂。
可是，当我们躺在它的怀抱里，我们就变成了它，
因此，我们才如此自然地把它称为自己的家。

1961年，列宁格勒，海港医院

科马罗沃村速写

啊，哭泣的缪斯……

——玛·茨维塔耶娃①

……我在这儿放弃了一切，
放弃了人间一切享乐。
只有森林里多节的树桩
成了这儿的灵魂和保卫者。

我们来到人间多少像是过客，
生存——只不过是一种习惯。

① 玛丽娜·茨维塔耶娃(1892—1941)，俄罗斯女诗人。

我觉得在茫茫的空中仿佛有
两个声音彼此在呼唤。

是两个吗？可是东墙下
在一丛茁壮的马林果中间，
一枝深色的鲜嫩的接骨木花探出头来……
啊，这是玛丽娜捎来的信件。

1961年11月19—20日，海港医院

最后一朵玫瑰

要我和莫洛佐娃①一起屈膝下跪，
和希律的继女②一同跳舞向人取媚，
从狄多③的篝火上化成青烟随风飘飞，
再和贞德④一起火化成灰。

---

① 费奥多西娅·莫洛佐娃（？—1672），俄国大贵族夫人，教长阿瓦库姆的保护人。她在保罗夫斯克修道院积极从事教会分裂活动，被当局流放。

② 即美女莎乐美。她在宴会上跳舞，希律答应她可以索要任何一件她想要的东西。莎乐美听从母亲的谗言，提出要施洗约翰的头颅。

③ 非洲迦太基女王和建国者。她与特洛伊王埃涅阿斯相爱，二人相处很长时间，当众神命埃涅阿斯前往意大利时，她悲恸欲绝，自焚身亡。

④ 贞德（1412—1431），法国人民女英雄，在百年战争时期领导法国人民与英国侵略者进行斗争，由于法国封建主的背叛而被俘，大主教会根据英国的命令裁判贞德在火刑柱上被烧死。

主啊！你看，我已经疲于
复活，生存，死亡。
都拿走吧，可是留下这朵红玫瑰，
让我再次体味它的芳香。

1962年8月9日，科马罗沃

什么诺言都不顾了……

什么诺言都不顾了，
连我手上的戒指也被摘掉，
他彻底把我遗忘……
你对我的说明分文不及。
何必还派你的灵魂
今夜又来把我探望？
他年轻矫健，红发飘逸，
简直就是一个妇女，
悄悄谈罗马，诱我去巴黎，
还像个哭丧婆子号天跺地……
说什么没有我他再也活不下去：

甘愿受辱，情愿入狱……

我没有他——活了下来。

1961年，科马罗沃

虽然不是我的故土……

虽然不是我的故土，
却让我永远思念，
海水温柔冰凉，
海水淡而不咸。

海底沙砾胜似白粉，
空气醉人宛如酒浆，
松树挺着粉色躯干，
赤身裸体迎接夕阳。

夕阳在太空的气浪中浮动，
它的形象使我着迷，

这是白昼的结束,是世界的末日,
还是我心中又出现了秘密中的秘密。

1964 年

《集外篇》*

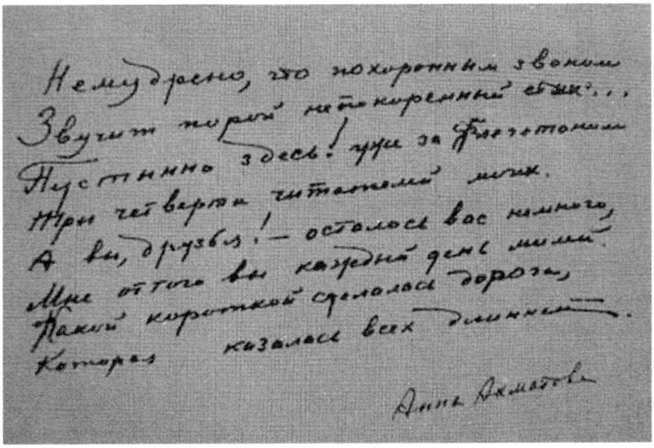

Немудрено, что похоронным звоном
Звучит порой непокоренный стих...
Пустынно здесь! Уже за Флегетоном
Три четверти читателей моих.
А вы, друзья! — осталось вас немного,
Мне оттого вы каждый день милей...
Какой короткой сделалась дорога,
Которая казалась всех длинней.

Анна Ахматова

阿赫玛托娃手迹

* 阿赫玛托娃逝世后，苏联作家出版社列宁格勒分社于 1976 年为女诗人出版了一本诗集《短诗与长诗》，收入所能搜集到的阿赫玛托娃的诗作。其中除按年代排列了前七本诗作外，还有一部分为“主要集子中没有收入的诗”，作为《集外篇》。《集外篇》中，既有阿赫玛托娃早期作品，也有其他时期作品，还有几十首诗是根据诗人的遗稿整理发表的。

那轮狡猾的明月……

那轮狡猾的明月
躲在门后发现
我怎样用身后的哀荣
跟那天的傍晚兑换。
人们从此会把我忘掉，
柜里的书籍也会腐烂。
不会用阿赫玛托娃的名字
命名街道，诵读她的诗篇。

1946 年 1 月 27 日

我用昂贵的、意外的代价……

我用昂贵的、意外的代价
得知你在等我,没有把我忘记。
说不定你还能找到
我那无名的坟地。

1946 年,喷泉楼

会被人忘记？这可真让我惊奇……

会被人忘记？这可真让我惊奇！
我被人们忘记过一百次。
有一百次我躺进坟里，
说不定现在还在那地。
缪斯也曾失明，也曾失聪，
也曾像种子一般在地里腐烂，
为的是以后能像灰烬中的凤凰，
在蓝色的太空中槃槃。

1957 年 2 月 21 日，列宁格勒

就在今天给我挂个电话吧……

就在今天给我挂个电话吧，
你现在毕竟还生存在某地，
我可成了无亲无故的女人，
听不到任何信息。

1958 年 6 月 9 日

书上题词

所赠之物，皆属于你。

——绍塔·卢斯塔维里①

我是在怎样的废墟下讲话，
我是在怎样的塌方中呼号，
仿佛是在臭气冲天的地窖里
在一堆生石灰中燃烧。

冬季我佯装死去，

① 格鲁吉亚十二世纪伟大诗人。

永远关住了永恒的大门，
可是我的声音总为他人所识，
他们还会对它表示信任。

1959 年 1 月 13 日，列宁格勒

一 年 四 季

今天我要回到那儿去，
春天曾经到过该地。
我不哀伤，不生气，
只有黑暗和我在一起。
它那么深奥，那么温柔，
它对谁都总是那么亲昵，
它像从枝头飞落的树叶，
像掠过冰层的
风声凄切。

1959 年 10 月 12 日，奥尔登卡

我早已不相信电话了……

我早已不相信电话了，
也不相信广播、电报。
我对事事都有自己的主见，
也许这要怪我痴呆的情操。
但，我在梦中无所不能，
为此不用飞，不必乘“图”①，
以便来到一地就可以
把一地的高度征服。

1959年10月24日，列宁格勒，红马队街

① 指苏联航空设计师图波列夫（1888—1972）设计的超音速飞机。

严酷的时代改变了我……*

献给尼·奥①

到这个世界的人何其安乐，
在那不祥的时刻。
——丘特切夫②

严酷的时代改变了我，
如同改变了一条河。

---

* 阿赫玛托娃拟以《北方哀歌》为名撰写七首自传性质的诗作，生前发表四首，其中死后发表两首，这里选了其中两首。

① 尼·奥——阿赫玛托娃的好友，红军剧院女演员奥里塞夫斯卡娅（1908—1991）。女诗人多次寄宿她的莫斯科家中。

② 丘特切夫（1803—1873），俄国诗人。

更换了我的生命。让生活流入另一条河道，
从另一条河旁流过，
于是我连自己的两岸也不认识了。
啊，我放弃了多少该看的场面，
幕布升起时没有我，
幕布降落时也没有我。我一生中
有多少朋友一次面也没有见过，
有多少城市的轮廓
可以唤出我眼中的泪水，
可是我知道人间唯一的一座城市[①]，
我即使在梦中用手摸也能把它找到。
无论我写了多少诗歌，
诗中隐秘的合唱在我周围旋转，
也许，有那么一天，
它们会把我扼死……
我知道生活的开端与结尾，
还有结尾后的生活，还有其他，
其他不该回忆的事。

---

① 指列宁格勒。

有个女人[①]占据了
我唯一的席位，
她使用我法定的姓名，
只给我留下一个绰号[②]，我用它
做了大概所能做的一切。
我将躺在并非我的墓中，真遗憾。
有时嬉闹的春风，
或意外发现的一本书里强配的词组，
或某人的微笑，突然把我
引向不成功的生途。
在某一年发生了某些事，
可是这一年，乘车，观察，思考，
回忆，并糊里糊涂带着背叛的意识，
和昨天还没有出现的皱纹
进入新的爱情……
如同进入镜子……
……
但，如果我能从某地窥视

① 指古米廖夫第二位妻子恩格尔加特（1895—1942）。
② 绰号指“阿赫玛托娃”，安娜·阿赫玛托娃原姓戈连科。

我今天的生活，
那么我终于会明白什么是嫉妒……

1945年9月2日，喷泉楼（早在塔什干构思）

回忆有三个时代……

最后的山泉——使人能忘掉一切的冷水源泉
它比一切更能缓解心灵的炎热。
——普希金

回忆有三个时代。
第一个——仿佛是昨天。
回忆的灵魂在幸福的穹隆下飘浮，
回忆的躯身在阴凉处歇息。
笑声还没有停，泪水还在流，
桌子上的墨痕还没有擦掉 ——
吻，唯一的、告别的、不可忘却的吻，
像留在心上的印迹……

但,这不会持续很久……
头上已经不是拱顶,
而是在一个偏僻的郊区
一个幽静的房子里,
那里冬天寒冷,夏天炎热,
那里有蜘蛛,处处落满灰尘,
热情的书信化成了灰烬,
相片悄悄地在更换,
人们去那里如同去坟地,
回家后,用香皂洗手,
并从困倦的眼皮上抖掉
骤然涌出的泪珠——一声长叹……
时钟嘀嘀嗒嗒,过了一个又一个春天,
天空呈现出玫瑰色,
城市的名称也在变换,
种种重大事件的见证人不存在了,
没有人可以伴哭,没有人可以一起回忆。
我们已经不再召唤影子,
他们慢慢离开了我们,
他们万一回来,我们会感到恐怖。
有一天,我们醒来,发现自己

甚至忘记了通往那幽静房屋的路，
羞愧与悔恨使我们透不过气来，
我们向那儿跑，可是（如同梦中一样）
那儿的一切：人、物、墙壁，都变了，
谁也不认识我们——我们是陌生人。
我们走错了人家……我的上帝！
最悲痛的时刻来临：
我们认识到，往事无法装纳在
我们生活限度之内，
往事就像隔壁的邻居
我们谁也不认识谁，
死去的人，我们可能不认识，
可是上帝让我们离开的人——
他们离开了我们，生活得蛮好——
甚至越来越美满……

1945 年 2 月 5 日，喷泉楼

一九一三年的彼得堡*

城关①外，手摇风琴哀唤，
马路上，痰痕点点斑斑，
有人在耍熊，茨冈女人舞姿翩翩。
小汽轮开往伤心港②，
汽笛声撕裂心肠，
它的回声响在涅瓦河上。
黑色的风里有仇有怨，
看来，从这儿到燃烧的火源③，

---

* 这是一首未能写进《没有英雄人物的叙事诗》中的短诗。

① 指彼得堡的涅瓦城门。

② 在现在的罗莫诺索夫瓷器工厂附近。

③ 涅瓦城门外的一片空地，过去那里堆积垃圾，老彼得堡的行凶分子经常出没的地方。

路程已经不远。

到了这儿,我的预言哑然,

到了这儿,怪事更为明显,

咱们走吧,没有工夫了——我没有时间。

两人的目光就这么下望……

两人的目光就这么下望，
鲜花抛在床上，
我们最终也不知道；
应当如何称呼对方。
我们最终也不敢
把彼此的姓名称呼，
仿佛在童话之路的终点前
放慢了脚步。

1965 年 2 月，莫斯科

阿赫玛托娃

（1889—1966）

乌兰汗

安娜·阿赫玛托娃是二十世纪初俄国诗坛一颗璀璨的明星。家庭环境和生活地点对她的成长都有过重大影响。她是虔诚的教徒，接受了人生在世即受苦受难的宗教思想，又长期生活在诗意浓浓的皇村。

阿赫玛托娃的第一首诗发表于1907年，当时她只有十八岁。第一本诗集《黄昏集》出版于1912年，立刻引起文艺界的重视与争论。这本诗集抒发的是爱情，从自我表现出发，倾诉少女爱情的不幸。这个主题在她以后的几本诗集中仍然占主要地位。诗中还常常涉及对死亡的联想。这与她家庭的悲剧以及疾病缠身不无关系。1905年,她父母离异,从而使她失掉了父母共同的爱,饱尝了家庭拆散后的辛酸。她兄弟姐妹六人,阿赫玛托娃排行第四。上有两个姐姐一个哥哥,下有一妹一弟。他们几乎都染有肺结核病。大姐伊琳娜在阿赫玛托娃未出世前就夭折,二姐伊娜死于二十二岁妙龄。大哥和小妹也都在二十年代初相继去世。阿赫玛托娃本人也患肺结核,所以常常感到死的威胁。她早年诗中的悲凉感,正说明她囿于自我的小圈子里,没有看到整个大社会的残酷现实。她个人家庭生活也很悲惨,第一个丈夫古米廖夫被处决以后,几次再婚都不美满,增加了她诗歌中的哀怨调子。

阿赫玛托娃在白银时代的创作,以对爱情的渴求、恋爱中的陶醉、失恋的迷惘为主调。她用新颖清丽的语句道出了心底的深蕴。描绘孤独的生活和抒发相思之情时,表达了对情人的依恋,字句不多,但婉转曲折,清俊疏朗,特别是诗的结尾,常常出现意想不到的转化。她的很多诗句已经成了俄罗斯诗中的经典,如:

我竟把左手的手套
戴在右手上去。

又如：

> 世界上不流泪的人中间
> 没人比我们更高傲、更纯粹。

当时，俄国象征派诗歌从高峰转向下坡，新崛起的一代人自命不凡，成立了各种文艺团体。阿赫玛托娃和尼·古米廖夫、米·库兹明、谢·戈罗杰茨基、奥·曼德尔施塔姆、弗·纳尔布特、米·金凯维奇等人便在艺术至上的“阿克梅派”的旗帜下登上文坛。

在风雷激荡的十月革命时，阿赫玛托娃不是革命的喉咙，也没有企图把普希金、托尔斯泰等古典作家推下时代的轮船。她——我行我素，仍然表现自己内心的感受。

二十世纪二十年代上半叶，苏联文艺界对阿赫玛托娃的创作有两种截然相悖的看法。一种是以岗位派文艺评论家列列维奇（1901—1945）为代表。这位血气方刚的青年批评家一口咬定阿赫玛托娃是反对新生活的“敌人”，说培养出阿赫玛托娃创作的社会环境是“地主之家，是老爷的公馆”，说她的作品是“地主庄园种植的暖房花草”，说她的天地“极其狭小”，说她的诗歌不外是“贵放文化的一块小小美丽残片”，说她诗歌中对于社会过程“只有极其微弱的反响，而且还是敌意的”（见《在岗位上》一书,1924 年)。列列维奇的观点在当时占据上风,奠定了对阿赫玛托娃反复批判的理论基础。但,同一时期,或更早一些,老一辈革命家瓦·奥辛斯基(1887—1938)却对阿赫玛托娃的作品持另一种看法。1922 年 7 月 4 日他在《真理报》上发表文章,认为阿赫玛托娃是"一流的抒情诗人",他写道:"每一位杰出的诗人与众不同的特点,在于他善于为同时代的某一群体的心灵活动提出浓缩的、突出的、响亮的表达方式,以它来概括重大的或有特色的事件。"另一位女革命家亚·柯伦泰(1872—1952)于 1923 年第 2 期《青年近卫军》杂志上发表《写给劳动青年的一封信》,认为阿赫玛托娃的诗集是"描写妇女心灵的书",是用诗表现了被资本主义社会所奴役的妇女为争取自身人格而进行的斗争。她认为"阿赫玛托娃完全不像我们冷眼初看时所感觉的那么'陌生'",在她的诗中"有过渡时代我们所熟悉的、活生生的、亲近的妇女的心,它在颤抖,它在搏斗。在这个时代里,人们的心理在分化,在这个时代里资产阶级和无产阶级的意识形态和文化正在进行你死我活的斗争。安娜·阿赫玛托娃正是站在欣欣向荣的,而不是奄奄一息的意识形态的一方。"

经过几十年的历史沉淀,证明这些老革命家看得远,他们透过诗人个人感情的表层发现了丰富的心灵矿藏，他们对阿赫玛托娃以后的发展寄予希望，对她的诗艺技巧表示赞许。而列列维奇的“革命大批判”，只不过是庸俗社会学的一种表现，可是这种“大批判”却长时间对阿赫玛托娃起着扼杀的作用。

从二十年代中期起。大约有十个年头，阿赫玛托娃没有发表作品。她在认识新的社会、新的现实，同时也在勇敢地承受自己多灾多难的命运的考验。

从三十年代后期起，她完成了许多新的抒情诗，爱情的主题退让到社会问题和民众命运问题之后，《安魂曲》（1935—1940）、《列宁格勒诗抄》（1941—1944）以及诗剧《没有英雄人物的事诗》（1940—1962）是这一时期的代表作。她本人也承认：“我的文风变了，声音也变了”，“再不可能退回到最初的写法上去。是好，是坏，不能由我来判断。1940年——达到了极点。诗作喷涌而出，源源不断，它们来得急，使我喘不过气：什么样的诗都有，大概也有坏的作品”。①

苏联人民进行反法西斯的卫国战争时，阿赫玛托娃已年过半百。宣战当天，她即写成一首短诗，说明她的决

① 转引自弗·日尔蒙斯基著《安娜·阿赫玛托娃的创作》一书。

心："要活，就活得自由，要死，就死在家园……"作为列宁格勒市的一个居民，她和所有没有上前线的人一样，积极参加保卫战的斗争。她缝沙袋、建路障、在楼前值班防空、挖坑掩埋城市的有历史价值的雕像纪念碑。女诗人奥·别尔戈利茨（1910—1975）为老诗人的行动所感动，曾写下一组诗献给她：

在喷泉街旁边，在喷泉街旁边，
在紧紧掩闭着的入口处前面，
在雕花的大铁门旁，
公民安娜·阿赫玛托娃
夜里在站岗。

阿赫玛托娃虽然不是出生在列宁格勒，但在这座美丽的城市里度过大半生，把列宁格勒视为自己的故乡。保家卫国的战争加深了她对这座城市的感情。她目睹德寇炮击市区时造成的破坏，看到应征入伍的青年们与情人、与母亲怎样情深意切地吻别，她忘不了无辜儿童们被法西斯炮弹炸死的惨象。她知道，敌人无论多么疯狂残忍，战争不管会带来何等灾难，祖国一定会胜利，人民一定会胜利。这种信念，这种感情浸透了她四十年代写的诗篇。阿赫玛托娃是乘最后一班飞机撤离列宁格勒的，然后从莫斯科辗转到中央亚细亚的塔什干市。她在那里经常到医院慰问伤病员，为他们朗诵诗歌。

战争胜利后，1946 年联共(布)中央以决议的形式，对她对左琴科和其他一些作家、艺术家进行了极不公允的批判，特别是党中央政治局负责意识形态的书记日丹诺夫的有关报告，对阿赫玛托娃破口大骂，实际上是在精神上判处了她死刑，说她是“奔跑在闺房和礼拜堂之间的发狂的贵妇人”，是“混合着淫声和祷告的荡妇和尼姑”等等。阿赫玛托娃被开除出苏联作家协会，她的作品不予发表。这时她从事了大量的诗歌翻译，包括翻译我国屈原的《离骚》、李商隐等诗人的作品。

五十年代后期，她的名誉得到恢复，她的诗作重新出现于报刊之上。人们发现，她的缪斯仍然富有独特的魅力。她对历史的过去进行反思，对诗的使命进行再探讨，更重要的是她捧出一批富有哲理的、感人的新作，如《野蔷薇开花了》《子夜诗抄》和以极深沉的语调悼念亡友的诗篇。

阿赫玛托娃的诗继承了俄罗斯现实主义诗歌传统。值得注意的是她还吸收了俄罗斯小说的表现手法。这一点奥·曼德尔施塔姆早有评论。他在 1922 年写的《关于俄罗斯诗歌的通信》中，有这么一段颇有见地的话：“阿赫玛托娃把十九世纪俄罗斯长篇小说的全部规模宏伟的复杂性和丰富性引进了俄罗斯的抒情诗中。没有托尔斯泰和他的《安娜·卡列宁娜》、没有屠格涅夫和他的《贵族之家》、没有陀思妥耶夫斯基的全部著作和列斯科夫的部分著作,也就不会有阿赫玛托娃的诗。阿赫玛托娃起源于俄罗斯小说而不是起源于诗歌。她是在注目于心理小说的基础上发展了自己那尖锐而又独特的诗歌形式的。"在阿赫玛托娃的诗中,妇女不再是被任意描绘的对象,而是表达自己意志的主角。阿赫玛托娃的出现,在俄罗斯招来一大批模仿者,她们都企图用阿赫玛托娃的语言表述自己的心境。这事颇使诗人不安,以至使她写出下列的诗句:

我教会了妇女们说话……可是,
天哪,我怎么才能让她们住口?!

除了祖国的文学遗产,阿赫玛托娃还广泛地吸收了世界文学宝藏的营养。她通晓法语与法国文学;通晓德语,早年还译过里尔克的诗;她懂英语,热爱莎士比亚;又可以阅读意大利文,并能大段地背诵但丁的《神曲》。她常常引用外国诗人的原句作为题词,说明她的学识渊博,也表明她与其他作者有一脉相通的思想感受。

诗人喜欢把自己零散的作品加以组合。几首不同的诗,写于不同的年代,甚至年月相距甚久,诗人却把它们排列在一起。从中我们不难看出诗人往往对某一现象如何长期苦思冥想,直到最后形成一个完整体。短的组诗如《在皇村》《离异》《莫斯科的红三叶》等,每组由三首诗形成。

阿赫玛托娃十分讲究诗学。对每首诗,长期推敲,反复修改,不到满意不罢休。正因为如此,有的诗有数种版本。

人民和历史是最后的审判者。经过半个多世纪的检验,证明安娜·阿赫玛托娃是二十世纪俄罗斯最杰出的诗人。国外首先把她推到俄罗斯诗人首席的地位。

1964 年意大利宣布那一年的国际诗歌“埃特纳·陶尔明纳”大奖授予阿赫玛托娃。

1965 年,英国牛津大学授予阿赫玛托娃“文学博士”荣誉学位。她不顾年迈体弱,应邀前往伦敦。亲临庆祝仪式,她戏称:“这是在为我举行葬礼。”“难道能为一个诗人操办如此的活动?”的确,俄国自普希金以来,哪位真正的诗人不是在悲惨中走向永恒的?

1966 年历尽沧桑的阿赫玛托娃与世长辞,安葬在她晚年居住的科马罗沃镇的公墓里。

1988 年,阿赫玛托娃一百周年诞辰时,苏联为她举行了盛大的庆典。当年她在圣彼得堡住过的喷泉楼里的几个房间改建成故居纪念馆。

历史从此洗掉了泼在她身上的污水。